GRöLS Verlage

„BÜCHER SIND WIE FALLSCHIRME. SIE NÜTZEN UNS NICHTS, WENN WIR SIE NICHT ÖFFNEN."

Gröls Verlag

Redaktionelle Hinweise und Impressum

Das vorliegende Werk wurde zugunsten der Authentizität sehr zurückhaltend bearbeitet. So wurden etwa ursprüngliche Rechtschreibfehler *nicht* systematisch behoben, denn kleine Unvollkommenheiten machen das Buch – wie im Übrigen den Menschen – erst authentisch. Mitunter wurden jedoch zum Beispiel Absätze behutsam neu getrennt, um den Lesefluss zu erleichtern.

Um die Texte zu rekonstruieren, werden antiquarische Bücher von Lesegeräten gescannt und dann durch eine Software lesbar gemacht. Der so entstandene Text wird von Menschen gegengelesen und korrigiert – hierbei treten auch Fehler auf. Wenn Sie ebenfalls antiquarische Texte einreichen möchten, finden Sie weitere Informationen auf www.groels.de

Viel Freude bei der Lektüre wünscht Ihnen das Team des Gröls-Verlags.

Adressen

Verleger: Sophia Gröls, Im Borngrund 26, 61440 Oberursel

Externer Dienstleister für Distribution & Herstellung: BoD, In de Tarpen 42, 22848 Norderstedt

Unsere „Edition | Werke der Weltliteratur“ hat den Anspruch, eine der größten und vollständigsten Sammlungen klassischer Literatur in deutscher Sprache zu sein. Nach und nach versammeln wir hier nicht nur die „üblichen Verdächtigen“ von Goethe bis Schiller, sondern auch Kleinode der vergangenen Jahrhunderte, die – zu Unrecht – drohen, in Vergessenheit zu geraten. Wir kultivieren und kuratieren damit einen der wertvollsten Bereiche der abendländischen Kultur. Kleine Auswahl:

Francis Bacon • Neues Organon • **Balzac** • Glanz und Elend der Kurtisanen • **Joachim H. Campe** • Robinson der Jüngere • **Dante Alighieri** • Die Göttliche Komödie • **Daniel Defoe** • Robinson Crusoe • **Charles Dickens** • Oliver Twist • **Denis Diderot** • Jacques der Fatalist • **Fjodor Dostojewski** • Schuld und Sühne • **Arthur Conan Doyle** • Der Hund von Baskerville • **Marie von Ebner-Eschenbach** • Das Gemeindekind • **Elisabeth von Österreich** • Das Poetische Tagebuch • **Friedrich Engels** • Die Lage der arbeitenden Klasse • **Ludwig Feuerbach** • Das Wesen des Christentums • **Johann G. Fichte** • Reden an die deutsche Nation • **Fitzgerald** • Zärtlich ist die Nacht • **Flaubert** • Madame Bovary • **Gorch Fock** • Seefahrt ist not! • **Theodor Fontane** • Effi Briest • **Robert Musil** • Über die Dummheit • **Edgar Wallace** • Der Frosch mit der Maske • **Jakob Wassermann** • Der Fall Maurizius • **Oscar Wilde** • Das Bildnis des Dorian Grey • **Émile Zola** • Germinal • **Stefan Zweig** • Schachnovelle • **Hugo von Hofmannsthal** • Der Tor und der Tod • **Anton Tschechow** • Ein Heiratsantrag • **Arthur Schnitzler** • Reigen • **Friedrich Schiller** • Kabale und Liebe • **Nicolo Machiavelli** • Der Fürst • **Gotthold E. Lessing** • Nathan der Weise • **Augustinus** • Die Bekenntnisse des heiligen Augustinus • **Marcus Aurelius** • Selbstbetrachtungen • **Charles Baudelaire** • Die Blumen des Bösen • **Harriett Stowe** • Onkel Toms Hütte • **Walter Benjamin** • Deutsche Menschen • **Hugo Bettauer** • Die Stadt ohne Juden *und viele mehr….*

André Gide

Der Immoralist

Inhalt

Vorrede

Ich gebe dieses Buch für das, was es wert ist. Es ist eine Frucht voll bitterer Asche; es gleicht den Koloquinten der Wüste, die an verdorrten Orten wachsen und dem Durst nur einen wilderen Brand darbieten, doch auf dem Goldsand nicht ohne Schönheit sind.

Hätte ich meinen Helden als Beispiel gegeben, so muß ich zugestehen, ich hätte meinen Willen schlecht erreicht; die wenigen, seltenen, die sich für Michels Erlebnis noch interessieren wollten, taten es, um ihn mit aller Kraft ihrer Güte zu höhnen. Nicht umsonst hatte ich Marzeline mit soviel Tugenden geschmückt; man konnte Michel nicht verzeihen, daß er nicht sie sich vorzog.

Hätte ich dieses Buch als eine Anklageschrift gegen Michel gegeben, ich hätte meinen Willen kaum besser erreicht, denn niemand wußte mir der Entrüstung Dank, die er gegen meinen Helden empfand; diese Entrüstung, schien es, empfand man mir zum Trotz; von Michel strömte sie über auf mich; um ein geringes wollte man mich mit ihm verwechseln.

Aber ich habe mit diesem Buch so wenig eine Anklageschrift wie eine Apologie schreiben wollen, und ich habe mich gehütet zu urteilen. Das Publikum verzeiht heute nicht, wenn der Autor sich nach der Handlung, die er malt, nicht für oder wider erklärt; ja, mehr noch, schon im Verlauf des Dramas möchte man, daß er Partei ergriffe, daß er sich deutlich ausspräche, sei es für Alceste, sei es für Philinte, für Hamlet oder für Ophelia, für Faust oder Margarethe, für Adam oder für Jehova. Sicherlich behaupte ich nicht, die Neutralität (ich hätte fast gesagt: die Unentschiedenheit) sei das sichere Anzeichen eines großen Geistes; aber ich glaube, manchen großen Geistern hat es sehr widerstanden zu ... entscheiden – und ein Problem gut aufstellen heißt nicht, es im voraus als gelöst annehmen.

Nur widerwillig wende ich hier das Wort „Problem“ an. Eigentlich gibt es in der Kunst keine Probleme – für die das Kunstwerk nicht schon die genügende Lösung wäre.

Wenn man unter „Problem“ „Drama“ versteht – soll ich sagen, daß das in diesem Buch erzählte, darum, weil es sich in der Seele selber meines Helden abspielt, nicht minder zu allgemein ist, um in seinem eigentümlichen Erlebnis umschrieben zu bleiben? Ich maße mir nicht an, dieses „Problem“ erfunden zu haben; es existierte vor meinem Buch; mag Michel triumphieren oder unterliegen, das “Problem“ besteht fort, und der Autor nennt weder Triumph noch Niederlage als gewonnen.

Wenn einige ausgezeichnete Geister in diesem Drama nichts haben sehen wollen als die Darlegung eines bizarren Falls, und in seinem Helden nichts als einen Kranken; wenn sie verkannt haben, daß dennoch einige sehr drängende Ideen von sehr allgemeinem Interesse in ihm wohnen können – so liegt die Schuld nicht bei diesen Ideen oder bei diesem Drama, sondern beim Autor, und ich meine: bei seinem Ungeschick – wenn er auch in dieses Buch all seine Leidenschaft, all seine Tränen und all seine Sorge hineingelegt hat. Aber das wirkliche Interesse eines Werks und dasjenige, das ihm das Publikum eines Tages entgegenbringt, sind zwei sehr verschiedene Dinge. Man kann, glaube ich, ohne allzuviel Eitelkeit lieber Gefahr laufen wollen, mit interessanten Dingen nicht am ersten Tag zu interessieren – als ohne ein morgen ein Publikum begeistern, das es nach Fadheiten gelüstet.

Im übrigen habe ich nichts zu beweisen gesucht, sondern gut zu malen und mein Gemälde gut zu beleuchten.

Sidi b. M., 30. Juli 189.

Ja, du hattest recht: Michel hat mit uns gesprochen, mein lieber Bruder. Was er uns erzählt hat, schicke ich dir hier. Du hast darum gebeten; ich habe es dir versprochen; aber im Moment, da ich es abschicken soll, zögere ich noch, und je länger ich es durchlese, um so schrecklicher erscheint es mir. Ah! was wirst du von unserem Freunde denken? Übrigens, was denke ich selber von ihm? ... Sollen wir ihn einfach verdammen, indem wir leugnen, daß man Eigenschaften, die sich grausam zeigen, zum Guten wenden könne? – Aber ich fürchte, es sind ihrer heute mehr als einer, die sich in dieser Erzählung wiederzuerkennen wagen würden. Soll man lernen, so vieler Intelligenz und Kraft ein Amt zu finden – oder all dem das Bürgerrecht zu verweigern?

Womit kann Michel dem Staate dienen? Ich gestehe, ich weiß es nicht ... Er braucht eine Beschäftigung. Die hohe Stellung, die dir deine großen Verdienste eingetragen haben, die Macht, die du in Händen hast, wird dir das erlauben, sie zu finden? – Eile dich. Michel kann sich hingeben: er kann es noch; bald wird er sich nur noch sich hingeben können.

Ich schreibe dir unter fleckenlosem Azur; seit den zwölf Tagen, die Dionys, Daniel und ich hier sind – keine Wolke, keine Verminderung des Sonnenscheins. Michel sagt, der Himmel ist seit zwei Monaten rein.

Ich bin weder traurig noch fröhlich; die Luft hier füllt einen mit einer sehr unklaren Begeisterung und lehrt einen einen Zustand kennen, der von der Fröhlichkeit so weit entfernt ist wie vom Schmerz; vielleicht ist er das Glück.

Wir bleiben bei Michel; wir wollen ihn nicht verlassen; du wirst verstehen, warum, wenn du diese Seiten lesen willst; hier also, in seiner Wohnung, warten wir deine Antwort ab; zögere nicht.

Du weißt, welche Schulfreundschaft, eine Freundschaft, stark von Anfang an, aber mit jedem Jahre wachsend, Michel mit Dionys, mit Daniel, mit mir verband. Unter uns vieren wurde eine Art Pakt geschlossen; auf den geringsten Ruf des einen sollten die drei anderen antworten. Als ich also von Michel jenen geheimnisvollen Alarmschrei erhielt, benachrichtigte ich alsbald Daniel und Dionys, wir verließen alles und brachen alle drei auf.

Wir hatten Michel seit drei Jahren nicht mehr gesehen. Er hatte sich verheiratet, hatte seine Frau auf Reisen geführt, und zur Zeit seines letzten Aufenthaltes in Paris war Dionys in Griechenland, Daniel in Rußland und ich, wie du weißt, bei unserm kranken Vater festgehalten. Wir waren freilich nicht ohne Nachrichten geblieben; aber was Silas und Will uns, als sie ihn wiedergesehen hatten, berichteten, hatte uns nur erstaunen können. Es vollzog sich in ihm ein Wandel, den wir uns noch nicht erklären konnten. Er war nicht mehr der sehr gelehrte Puritaner von ebennoch, dessen Gesten vor lauter Überzeugung ungeschickt, dessen Augen so klar waren, daß vor ihnen oft unsere zu freien Reden innehielten. Er war ... aber wozu dir schon andeuten, was seine Erzählung dir sagen wird.

Ich schicke dir also diese Erzählung, wie Dionys, Daniel und ich sie gehört haben. Michel gab sie auf seiner Terrasse, wo wir dicht neben ihm im Schatten und im Sternenschein ausgebreitet lagen. Am Schluß der Erzählung sahen wir, wie sich der Tag über der Ebene erhob. Michels Haus beherrscht sie wie auch das Dorf, von dem es nur wenig entfernt ist. Durch die Hitze, und weil alle Ernten gemäht sind, gleicht diese Ebene der Wüste.

Michels Haus ist trotz seiner Armut und Bizarrerie entzückend. Im Winter würde man unter der Kälte leiden, denn in den Fenstern sind keine Scheiben; oder vielmehr, es sind gar keine Fenster vorhanden, sondern nur weite Löcher in den Wänden. Es ist so schön, daß wir draußen auf Matten schlafen.

Laß mich noch sagen, daß wir eine gute Reise gehabt haben. Wir sind hier, von der Hitze erschöpft, vom Neuen trunken, abends angekommen, nachdem wir in Algier und dann in Konstantine kaum Aufenthalt gemacht hatten. Von Konstantine brachte uns ein neuer Zug nach Sidi b.

M., wo ein Wagen wartete. Die Straße hört weit vor dem Dorfe auf. Dieses nistet wie gewisse Ortschaften in Umbrien hoch auf einem Felsen. Wir stiegen zu Fuß hinauf: zwei Maultiere waren mit unseren Koffern beladen. Wenn man auf diesem Wege kommt, ist Michels Haus das erste im Dorf. Ein Garten, umschlossen von niederen Mauern – oder vielmehr ein Zaun umgibt ihn – wo drei krumme Granatbäume wachsen und ein prachtvoller Oleander. Da sahen wir ein kabylisches Kind, das bei unserem Nahen entfloh, indem es ohne Umstände die Mauer erkletterte.

Michel empfing uns, ohne Freude zu bezeugen; sehr einfach, schien er jede Zärtlichkeitskundgebung zu fürchten; aber gleich auf der Schwelle schloß er jeden von uns dreien ernst in die Arme.

Bis zum Einbruch der Nacht tauschten wir keine zehn Worte. In einem Salon, dessen luxuriöse Dekorationen uns erstaunten, die dir jedoch Michels Erzählung erklären wird, war ein fast frugales Mahl bereit. Dann servierte er uns den Kaffee, den er sich selber zu bereiten angelegen sein ließ. Wir stiegen dann auf die Terrasse, von der aus sich der Blick ins Unendliche dehnte, und wir drei warteten gleich den drei Freunden Hiobs, indem wir auf der flammenden Ebene das schroffe Sinken des Tages bewunderten.

Als die Nacht gekommen war, sagte Michel:

Erster Teil

I

Meine treuen Freunde, ich wußte, daß ihr treu waret. Ihr seid auf meinen Ruf herbeigeeilt, ganz wie ich es auf euren getan hätte. Und doch habt ihr mich drei Jahre lang nicht gesehen. Möge eure Freundschaft, die der Trennung so gut widersteht, der Erzählung, die ich euch geben will, ebensogut widerstehn. Denn wenn ich euch plötzlich rief und euch bis zu meiner fernen Wohnung reisen ließ, so geschah es einzig, um euch zu sehen, und damit ihr mich anhören könnt. Ich will keine andere Hilfe als diese: zu euch reden. – Denn ich stehe an einem Punkt meines Lebens, über den ich nicht mehr hinausschreiten kann. Doch das ist keine Müdigkeit. Aber ich verstehe nicht mehr. Ich muß ... Ich muß reden, sage ich euch. Sich zu befreien wissen, ist nichts; das schwere ist, daß man frei zu sein weiß. – Ertragt es, daß ich von mir rede; ich will euch mein Leben erzählen, ganz einfach, ohne Bescheidenheit und ohne Stolz, einfacher, als wenn ich zu mir selber spräche. Hört mich an:

Das letzte Mal, daß wir uns sahen, das war, wie ich mich entsinne, in der Umgegend von Angers, in der kleinen Landkirche, wo meine Hochzeit gefeiert wurde. Das Publikum war wenig zahlreich, und die Vollkommenheit der Freunde machte aus dieser banalen Zeremonie eine rührende Zeremonie. Mir schien, man war bewegt, und das bewegte mich selber. Im Hause derer, die meine Frau wurde, vereinigte euch nach dem Kirchgang ein kurzes Mahl ohne Lachen und ohne Geschrei mit uns; dann führte uns nach dem Gebrauch, der in unserm Geist mit der Idee einer Hochzeit die Vision eines Abreiseperrons verbindet, der bestellte Wagen davon.

Ich kannte meine Frau sehr wenig und dachte, ohne allzusehr darunter zu leiden, sie kenne mich ebensowenig. Ich hatte sie ohne Liebe geheiratet, großenteils, um meinem Vater zu Gefallen zu sein, den es auf dem Sterbebette beunruhigte, mich allein zu lassen. Ich liebte meinen Vater zärtlich; von seinem Todeskampf in Anspruch genommen, dachte ich in jenen traurigen Momenten nur daran, ihm das Ende leichter zu machen; und so band ich mein Leben, ohne zu wissen, was das Leben sein konnte. Unsere Verlobung zu Häupten seines Bettes blieb ohne Lachen, doch nicht ohne ernste Freude, so groß war der Friede, den sie meinem Vater brachte. Wenn ich meine Braut, sagte ich, nicht liebte, so hatte ich wenigstens niemals eine andere Frau geliebt. Das genügte in meinen Augen, um unser Glück zu sichern; und da ich mich selber noch nicht kannte, so glaubte ich mich ihr ganz zu geben. Auch sie war Waise und lebte bei ihren zwei Brüdern. Sie hieß Marzeline; sie war kaum zwanzig Jahre alt; ich war vier Jahre älter.

Ich habe gesagt, ich liebte sie nicht – wenigstens empfand ich für sie nichts von dem, was man Liebe nennt; aber ich liebte sie, wenn man Zärtlichkeit, eine Art Mitleid und schließlich eine ziemlich hohe Achtung darunter verstehen will. Sie war katholisch, und ich bin Protestant ... aber ich glaubte es so wenig zu sein! der Priester nahm mich hin; ich nahm den Priester hin: so ging die Rechnung auf.

Mein Vater war, wie man sich ausdrückt, „Atheist“ – wenigstens nehme ich es an, da ich aus einer Art unüberwindlichen Schamgefühls, das er, wie ich wohl glaube, teilte, mit ihm nie habe über seinen Glauben reden können. Die ernste hugenottische Lehre meiner Mutter war mit ihrem schönen Bild in meinem Herzen langsam erloschen; ihr wißt, ich habe sie jung verloren. Ich ahnte damals nicht, wie sehr uns diese erste Kindermoral beherrscht, noch welche Falten sie im Geist zurückläßt. Jene Art der Strenge, für die meine Mutter mir den Geschmack hinterlassen hatte, indem sie mir ihre Prinzipien aufprägte, sie brachte ich ganz meinem Studium entgegen. Ich war fünfzehn Jahre alt, als ich meine Mutter verlor; mein Vater beschäftigte sich mit mir, umgab mich und legte seine Leidenschaft darein, mich zu unterrichten. Das Lateinische und Griechische kannte ich schon gut; bei ihm lernte ich schnell Hebräisch, Sanskrit und schließlich Persisch und Arabisch. Mit etwa zwanzig Jahren war ich so geheizt, daß er es wagte, mich zu seinen Arbeiten hinzuzuziehen. Es amüsierte ihn, zu behaupten, ich sei ihm gewachsen, und er wollte mir den Beweis dafür liefern. *Der Essay über die phrygischen Kulte*, der unter seinem Namen erschien, war mein Werk; kaum daß er es durchgesehen hatte; nichts hat ihm je so viel Lob eingetragen. Er war entzückt. Ich meinesteils war verwirrt, als ich diesen Betrug gelingen sah. Aber von nun an war ich eingeführt. Die gründlichsten Gelehrten behandelten mich als ihren Kollegen. Ich lächle jetzt über all die Ehren, die man mir erwies ... So erreichte ich mein fünfundzwanzigstes Jahr, ohne etwas anderes betrachtet zu haben als Ruinen oder Bücher, und ohne etwas vom Leben zu wissen; ich verbrauchte eine eigentümliche Glut in meiner Arbeit. Ich liebte ein paar Freunde (ihr wart unter ihnen), aber mehr die Freundschaft als sie selber; meine Liebe zu ihnen war groß, aber sie war Bedürfnis nach Adel; ich hielt jedes schöne Gefühl in mir lieb. Im übrigen kannte ich meine Freunde so wenig, wie ich mich selber kannte. – Keinen Augenblick kam mir der Gedanke, ich hätte ein anderes Dasein führen können, noch der, daß man anders leben könne.

Meinem Vater und mir genügten einfache Dinge; wir gaben alle beide so wenig aus, daß ich meine fünfundzwanzig Jahre erreichte, ohne zu wissen, daß wir reich waren. Ich stellte mir, ohne oft daran zu denken, vor, wir hätten nur gerade zum Leben genug, und ich hatte bei meinem Vater derartig sparsame Gewohnheiten angenommen, daß ich mich fast verlegen fühlte, als ich erfuhr, daß wir weit mehr besaßen. Ich war von solchen Dingen bis zu dem Grade abgelenkt, daß ich mich noch nicht einmal nach dem Hintritt meines Vaters, dessen einziger Erbe ich war, genauer mit meinem Vermögen befaßte, sondern erst bei Gelegenheit meines Ehekontrakts, und zwar, um zugleich zu sehen, daß Marzeline mir fast nichts zubrachte.

Noch etwas, was ich nicht wußte, etwas vielleicht noch Wichtigeres, war, daß ich eine sehr zarte Gesundheit hatte. Wie hätte ich es wissen sollen, da ich sie niemals auf die Probe gestellt hatte? Ich hatte von Zeit zu Zeit Erkältungen und pflegte sie nachlässig. Das zu ruhige Leben, das ich führte, schwächte und schützte mich zugleich. Marzeline dagegen schien robust – und daß sie robuster war als ich, sollten wir bald erfahren.

Noch am Abend unserer Hochzeit schliefen wir in meiner Wohnung in Paris, wo man uns zwei Zimmer bereitet hatte. Wir blieben nur die für unumgängliche Einkäufe nötige Zeit in Paris, dann fuhren wir nach Marseille, von wo wir uns alsbald nach Tunis einschifften.

Die dringenden Besorgungen, der Taumel der letzten, zu raschen Ereignisse, die unvermeidliche Aufregung der Hochzeit, die der wirklicheren meiner Trauer so schnell folgte, all das hatte mich erschöpft. Erst auf dem Dampfboot konnte ich meine Ermattung fühlen. Bis dahin zog mich jede Beschäftigung von ihr ab, während sie sie steigerte. Die gezwungene Muße an Bord ließ mich endlich zur Überlegung kommen. Es war, schien mir, das erste Mal.

Zum erstenmal auch willigte ich ein, mich auf lange von meiner Arbeit zu trennen. Bisher hatte ich mir nur kurze Ferien gegönnt. Eine Reise nach Spanien mit meinem Vater, kurze Zeit nach dem Tode meiner Mutter, hatte freilich mehr als einen Monat gedauert, eine andere nach Deutschland sechs Wochen; und noch andere – aber das waren Studienreisen gewesen; mein Vater ließ sich durchaus nicht von seinen sehr genau umschriebenen Forschungen abziehen; und ich – sobald ich ihm darin nicht folgte, las ich. Und doch hatten wir kaum Marseille verlassen, so kamen mir verschiedene Erinnerungen an Granada und an Sevilla zurück, an einen reineren Himmel, an freiere Schatten, an Feste, an Lachen und Singen. Das wollen wir wiederfinden, dachte ich. Ich stieg auf das Deck des Schiffes und blickte auf Marseille zurück, das immer mehr entschwand.

Da kam mir unvermittelt der Gedanke, daß ich Marzeline ein wenig vernachlässigte.

Sie saß vorn; ich näherte mich und sah sie mir wirklich zum erstenmal an.

Marzeline war sehr hübsch. Ihr wißt es; ihr habt sie gesehen. Ich machte mir Vorwürfe, daß ich das nicht von vornherein bemerkt hatte. Ich kannte sie zu gut, um sie mit dem Reiz des Neuen zu sehen; unsere Familien waren von je verbunden gewesen; ich hatte sie groß werden sehen; ich war an ihre Anmut gewöhnt. Zum erstenmal erstaunte ich; so groß erschien mir diese Anmut.

Auf einem einfachen, schwarzen Strohhut ließ sie einen großen Schleier flattern; sie war blond, erschien aber nicht zart. Ihr Rock und ihre Taille waren gleich und aus einem schottischen Tuch gemacht, das wir gemeinsam ausgewählt hatten. Ich hatte nicht gewollt, daß sie sich um meiner Trauer willen verdüstere.

Sie fühlte, daß ich sie ansah, und wandte sich zu mir herum ... bis dahin hatte ich bei ihr nur gezwungene Diensteifrigkeit gezeigt; ich ersetzte, so gut es ging, die Liebe durch eine Art kalter Galanterie, die ihr, wie ich wohl sah, ein wenig lästig fiel; fühlte Marzeline in diesem Augenblick, daß ich sie zum erstenmal auf andere Art ansah? Auch ihrerseits sah sie mich fest an; dann lächelte sie mir sehr zärtlich zu. Ohne zu sprechen, setzte ich mich neben sie. Ich hatte bis dahin für mich, oder wenigstens wie es mir paßte, gelebt; ich hatte mich verheiratet, ohne mir in meiner Frau etwas anderes als einen Kameraden vorzustellen, ohne allzugenau daran zu denken, daß durch unsere Verbindung mein Leben verändert werden könnte. Jetzt endlich hatte ich begriffen, daß hier der Monolog zu Ende war.

Wir beide waren allein auf dem Deck. Sie hielt mir ihre Stirn hin; ich drückte sie sanft an mich; sie hob die Augen; ich küßte sie auf die Lider und fühlte plötzlich, vermittelt durch meinen Kuß, eine Art neuen Mitleids; es füllte mich mit solcher Gewalt, daß ich die Tränen nicht zurückhalten konnte.

„Was hast du denn?“ sagte Marzeline.

Wir begannen zu reden. Ihr reizendes Geplauder entzückte mich. Ich hatte mir, so gut ich es vermochte, einige Ideen über die Dummheit der Frauen gemacht. Neben ihr erschien an diesem Abend ich mir linkisch und dumm.

So hatte also die, an die ich mein Leben band, ihr eigenes und wirkliches Leben! Die Bedeutung dieses Gedankens weckte mich in der Nacht mehrere Male; mehrere Male richtete ich mich in meiner Koje auf, um in der andern, tieferen Koje Marzeline, meine Frau, schlafen zu sehen.

Am folgenden Tage war der Himmel prachtvoll, das Meer fast ruhig. Einige ungezwungene Unterhaltungen verminderten unsere Befangenheit noch. Die Ehe begann in Wahrheit. Am Morgen des letzten Oktobertages schifften wir uns in Tunis aus. –

Meine Absicht war, nur wenige Tage dortzubleiben. Ich werde euch meine Dummheit gestehen: nichts zog mich in diesem neuen Lande an als Karthago und einige römische Ruinen: Timgat, von dem Octavius mir gesprochen hatte, die Mosaiken von Susa, und vor allem das Amphitheater von El-Djem, wohin ich mir ohne Verzug zu eilen vornahm. Es galt zunächst nach Susa zu fahren, und dann von Susa aus den Postwagen zu nehmen; dazwischen, wollte ich, sollte mich nichts zu fesseln vermögen.

Doch Tunis überraschte mich sehr. Bei der Berührung mit neuen Empfindungen regten sich gewisse Teile in mir, schlummernde Fähigkeiten, die noch nicht gedient und so ihre ganze geheimnisvolle Jugend bewahrt hatten. Ich war mehr erstaunt, bestürzt, als amüsiert, und was mir vor allem gefiel, das war Marzelinens Freude.

Indessen wurde meine Mattigkeit von Tag zu Tag größer; aber ich hätte mich geschämt, ihr nachzugeben. Ich hustete und fühlte oben in der Brust eine seltsame Störung. Wir gehen nach dem Süden, dachte ich; die Wärme wird mich wiederherstellen.

Die Post nach Sfax verläßt Susa abends acht Uhr; sie kommt ein Uhr morgens durch El-Djem. Wir hatten die Coupéplätze belegt. Ich machte mich darauf gefaßt, eine unbequeme Karre zu finden; wir waren dagegen ziemlich behaglich untergebracht. Aber die Kälte! ... Aus welchem kindischen Vertrauen auf die Milde der südlichen Luft heraus hatten wir, alle beide leicht gekleidet, nur einen Schal mitgenommen? Kaum aus Susa und dem Schutz seiner Hügel heraus, so begann der Wind zu blasen. Er machte große Sprünge auf der Ebene, heulte, pfiff, drang durch jeden Spalt des Kutschenschlages ein; nichts konnte vor ihm schützen. Wir kamen ganz erstarrt an, ich obendrein von den Stößen des Wagens und von einem furchtbaren Husten erschöpft, der mich noch mehr schüttelte. Was für eine Nacht! – In El-Djem angekommen – kein Gasthof, ihn vertrat ein fürchterliches Bordj: was tun? Die Post fuhr weiter. Das Dorf schlief; in der Nacht, die unermeßlich schien, sah man unbestimmt düstere Ruinenmassen; Hunde heulten. Wir gingen in den schmutzigen Saal zurück, wo zwei elende Betten errichtet waren. Marzeline zitterte vor Kälte, aber da erreichte uns wenigstens der Wind nicht mehr.

Der folgende Tag war trübe. Wir sahen, als wir hinaustraten, mit Staunen einen gleichförmig grauen Himmel. Der Wind blies immer noch, aber weniger ungestüm als in der Nacht vorher. Die Post sollte erst am Abend wieder durchkommen ... Ich sage euch, es war ein kläglicher Tag. Das Amphitheater, das ich in wenigen Augenblicken durchlief, enttäuschte mich; ja, es schien mir unter diesem trüben Himmel häßlich. Vielleicht unterstützte meine Ermattung, mehrte sie meinen Verdruß. Um die Mitte des Tages ging ich aus Untätigkeit noch einmal hin und suchte vergeblich eine Inschrift auf den Steinen. Marzeline las unter Windschutz ein englisches Buch, das sie zum Glück mitgenommen hatte. Ich kam wieder zu ihr und setzte mich neben sie.

„Was für ein trauriger Tag! Du langweilst dich nicht zu sehr?“ sagte ich zu ihr.

„Nein; du siehst: ich lese.“

„Wozu sind wir nur hergekommen? Dich friert wenigstens nicht?“

„Nicht zu sehr. Und dich? Es ist wahr! du bist ganz blaß.“

„Nein ...“

Nachts begann der Wind mit neuer Kraft ... Schließlich kam die Post. Wir fuhren wieder fort.

Gleich nach den ersten Stößen fühlte ich mich zerbrochen. Marzeline war sehr müde und schlief bald auf meiner Schulter ein. Aber mein Husten wird sie wecken, dachte ich, und leise, leise machte ich mich frei und lehnte sie gegen die Wagenwand. Inzwischen hustete ich nicht mehr, nein: ich spuckte; das war neu; ich führte es ohne Anstrengung herbei; es kam in kleinen Stößen, in regelmäßigen Intervallen; es war eine so wunderliche Empfindung, daß ich mich erst beinahe darüber amüsierte, aber bald widerte mich der unbekannte Geschmack an, der mir im Munde zurückblieb. Mein Taschentuch war schnell unbrauchbar. Schon hatte ich die Finger voll davon. Soll ich Marzeline wecken? ... Zum Glück fiel mir ein großes Seidentuch ein, das sie sich um den Gürtel zu binden pflegte. Ich bemächtigte mich seiner vorsichtig. Der Auswurf, den ich nicht länger zurückhielt, kam reichlicher. Ich fühlte außerordentliche Erleichterung. Das ist der Schluß der Erkältung, dachte ich. Plötzlich fühlte ich mich sehr schwach, alles begann sich zu drehen, und ich glaubte, ich würde ohnmächtig werden. Soll ich sie wecken? … ah! pfui! … (ich habe, glaube ich, aus meiner puritanischen Kindheit her den Haß gegen jedes Nachgeben aus Schwäche bewahrt, ich nenne es sofort Feigheit). Ich nahm mich zusammen, ich klammerte mich an, ich wurde schließlich meines Schwindels Herr … Ich glaubte mich von neuem auf dem Meer, und das Geräusch der Räder wurde zum Geräusch der Wogen … Aber ich spuckte nicht mehr.

Dann schwamm ich in einer Art Schlummer.

Als ich erwachte, war der Himmel schon von der Morgenröte erfüllt; Marzeline schlief immer noch. Wir waren fast da. Das Seidentuch, das ich in der Hand hielt, war dunkel, so daß zunächst nichts davon zu sehen war, aber als ich mein Taschentuch zog, sah ich mit Bestürzung, daß es voll Blut war.

Mein erster Gedanke war, Marzeline dies Blut zu verbergen. Aber wie? – Ich war ganz damit befleckt; jetzt sah ich es überall, vor allem meine Finger … – Ich habe aus der Nase geblutet … Das geht; wenn sie fragt, werde ich ihr sagen, ich habe aus der Nase geblutet.

Marzeline schlief immer noch. Man kam an. Sie mußte zuerst aussteigen und sah nichts. Man hatte uns zwei Zimmer freigehalten. Ich konnte mich in meines stürzen, mich waschen und das Blut beseitigen. Marzeline hatte nichts gesehen.

Doch ich fühlte mich sehr schwach und ließ uns beiden Tee heraufbringen. Und während sie ihn bereitete, sehr ruhig, selber ein wenig bleich, lächelnd, kam mich eine Art Gereiztheit an, daß sie nichts zu sehen verstanden hatte. Ich empfand mich freilich als ungerecht, sagte mir: wenn sie nichts gesehen hat, so kommt das, weil ich gut verbarg; einerlei; nichts half; das wuchs in mir wie ein Instinkt, durchdrang mich … schließlich war es zu stark; ich hielt nicht mehr an mich! Wie zerstreut sagte ich zu ihr:

„Ich habe heute nacht Blut gespuckt.“

Sie stieß keinen Schrei aus; sie wurde nur noch viel blasser, schwankte, wollte sich halten und fiel schwer auf den Boden.

Ich stürzte in einer Art Wut auf sie zu: „Marzeline! Marzeline! – Aber höre! was habe ich getan! War es nicht genug, daß ich krank bin?“ – Aber wie gesagt, ich war sehr schwach; es fehlte wenig, so wäre ich gleichfalls ohnmächtig geworden. Ich öffnete die Tür; ich rief; man eilte herbei.

In meinem Koffer hatte ich, wie mir einfiel, einen Empfehlungsbrief an einen Offizier der Stadt; ich hielt mich durch dieses Wort für berechtigt, den Stabsarzt rufen zu lassen.

Marzeline hatte sich inzwischen erholt; jetzt stand sie am Kopf meines Bettes, in dem ich vor Fieber zitterte. Der Stabsarzt kam und untersuchte uns beide: Marzeline fehle nichts, versicherte er, und sie leide nicht mehr von ihrem Sturz; ich dagegen sei ernstlich krank; er wollte sich sogar nicht einmal aussprechen und versprach, noch vor dem Abend wiederzukommen.

Er kam wieder, lächelte mir zu, sprach mit mir und gab mir verschiedene Mittel. Ich begriff, daß er mich aufgab. – Soll ich es euch gestehen? Ich erschrak nicht. Ich war müde. Ich ließ mich einfach gehen. –›Schließlich, was bot mir das Leben? Ich hatte ja bis zum Schluß gearbeitet, entschlossen und leidenschaftlich meine Pflicht getan. Der Rest ... ah! was liegt mir daran?‹ dachte ich, und fand meinen Stoizismus ziemlich schön. Aber unter einem litt ich, unter der Häßlichkeit des Ortes. „Dieses Hotelzimmer ist furchtbar“ und ich blickte es an. Plötzlich dachte ich daran, daß daneben, in einem gleichen Zimmer, meine Frau war, Marzeline; und ich hörte sie sprechen. Der Doktor war nicht fortgegangen; er unterhielt sich mit ihr; er bemühte sich leise zu sprechen. – Es verstrich einige Zeit: ich muß geschlafen haben.

Als ich erwachte, war Marzeline da. Ich merkte, daß sie geweint hatte. Ich liebte das Leben nicht genügend, um mit mir selber Mitleid zu haben, aber die Häßlichkeit dieses Ortes war mir unangenehm; fast mit Wollust ruhten meine Augen auf ihr.

Jetzt schrieb sie neben mir. Sie schien mir hübsch. Ich sah sie mehrere Briefe schließen. Dann stand sie auf, trat an mein Bett und ergriff zärtlich meine Hand:

„Wie fühlst du dich jetzt?“ fragte sie. Ich lächelte und sagte traurig:

„Werde ich wieder gesund werden?“ Aber sofort antwortete sie: – „Du wirst gesund werden!“ – und zwar mit einer so leidenschaftlichen Überzeugung, daß ich, fast selber überzeugt, gleichsam eine wirre Empfindung von allem hatte, was das Leben sein konnte, von ihrer Liebe, der unbestimmten Vision so pathetischer Schönheiten – daß mir die Tränen aus den Augen drangen, und daß ich lange weinte, ohne mich dagegen wehren zu können noch zu wollen.

Mit welcher Gewalt der Liebe konnte sie mich treiben, Susa zu verlassen; umgeben von welchen reizenden Sorgen, geschützt, gestützt, überwacht ... von Susa bis Tunis, dann von Tunis bis Konstantine war Marzeline bewunderungswürdig. Zu Biskra sollte ich genesen. Ihre Zuversicht war wundervoll; ihr Eifer sank keinen Augenblick. Sie sorgte für alles, leitete die Abfahrten und vergewisserte sich der Unterkunft. Sie konnte, leider! diese Reise nicht weniger furchtbar machen. Ich glaubte mehrmals anhalten und enden zu müssen. Ich schwitzte wie ein Sterbender; ich erstickte, ich verlor zeitweilig das Bewußtsein. – Am Schluß des dritten Tages kam ich wie tot in Biskra an.

II

Wozu von den ersten Tagen reden? Was bleibt von ihnen? Die furchtbare Erinnerung an sie ist ohne Stimme. Ich wußte nicht mehr, wer ich war, noch wo ich war. Ich sehe nur noch, wie sich über das Bett meiner Qual Marzeline, meine Frau, mein Leben, neigte. Ich weiß, daß ihre leidenschaftliche Pflege, ihre Liebe allein mich gerettet hat. Eines Tages endlich fühlte ich wie ein verlorener Seemann, der Land erblickt, daß ein Lebenslicht wieder erwachte; ich konnte Marzeline zulächeln. – Wozu all das erzählen? Das Wichtige war, daß der Tod mich, wie man sagt, mit seinem Flügel gestreift hatte. Das Wichtige ist, daß es mir sehr erstaunlich wurde, daß ich lebte, daß der Tag für mich ein unerhofftes Licht erhielt. Vorher, so dachte ich, hatte ich nicht begriffen, daß ich lebte. Ich sollte des Lebens zitternde Entdeckung machen.

Es kam der Tag, wo ich aufstehen konnte. Von unserem *home* war ich vollständig bezaubert. Es war fast nur eine Terrasse. Was für eine Terrasse! Mein Zimmer und das Marzelinens führten hinaus; sie verlängerte sich über Dächer hin. Wenn man die höchste Stelle erreicht hatte, sah man über den Häusern Palmen; über den Palmen die Wüste. Die andere Seite der Terrasse stieß an die Stadtgärten; die Zweige der letzten Mimosen beschatteten sie; schließlich lief sie am Hof hin, einem kleinen, regelmäßigen Hof, der mit sechs regelmäßigen Palmen bepflanzt war, und endete an der Treppe, die sie mit dem Hof verband. Mein Zimmer war weit, luftig; weißgetünchte Wände; nichts an den Wänden; eine kleine Tür führte in Marzelinens Zimmer; eine große Glastür ging auf die Terrasse.

Dort verflossen Tage ohne Stunden. Wie oft habe ich in meiner Einsamkeit diese langsamen Tage wiedergesehen! ... Marzeline ist um mich. Sie liest, sie näht, sie schreibt. Ich tue nichts. Ich sehe sie an. O Marzeline! Marzeline! ... Ich schaue. Ich sehe die Sonne; ich sehe den Schatten; ich sehe die Schattenlinie rücken; ich habe so wenig zu denken, daß ich sie beobachte. Ich bin noch sehr schwach; ich atme sehr mühsam; alles macht mich matt, selbst das Lesen; was auch lesen? Zu sein beschäftigt mich genug.

Eines Morgens kommt Marzeline lachend herein:

„Ich bringe dir einen Freund," sagte sie; und ich sehe hinter ihr einen kleinen Araber mit braunem Teint eintreten. Er heißt Baschir, hat große, stille Augen, die mich ansehen. Ich bin fast ein wenig verlegen, und schon diese Verlegenheit ermattet mich; ich sage nichts, erscheine verdrießlich. Das Kind verliert vor der Kälte meines Empfanges die Fassung, dreht sich zu Marzeline zurück und schmiegt sich mit einer Bewegung von tierischer und schmeichlerischer Anmut gegen sie, faßt sie an der Hand und umarmt sie mit einer Geste, die seine nackten Arme zeigt. Ich merke, daß er unter seiner dünnen weißen Gandurah und unter seinem gestückten Burnus ganz nackt ist.

„Komm! setz dich da hin," sagt Marzeline, die meine Qual sieht. „Amüsier dich still."

Der Kleine setzt sich auf den Boden, zieht ein Messer aus der Kapuze seines Burnus hervor, ein Stück Djerid und beginnt, es zu bearbeiten. Ich glaube, er will eine Flöte machen.

Nach kurzer Zeit stört seine Gegenwart mich nicht mehr. Ich sehe ihn an; er scheint vergessen zu haben, daß er da ist. Seine Füße sind nackt, seine Knöchel sind reizend, und ebenso die Fesseln seiner Handgelenke. Er handhabt sein schlechtes Messer mit amüsanter Gewandtheit ... Wahrhaftig, soll ich mich dafür interessieren? ... Sein Haar ist auf arabische Art geschoren; er trägt eine armselige Scheschia, die an Stelle der Troddel nur ein Loch hat. Die Gandurah ist ein wenig herabgerutscht und entblößt seine zierliche Schulter. Ich fühle das Bedürfnis, sie zu berühren. Ich neige mich; er dreht sich um und lächelt mir zu. Ich mache ihm ein Zeichen, mir seine Flöte zu reichen, nehme sie und tue, als bewundere ich sie sehr. – Jetzt will er fort. Marzeline gibt ihm einen Kuchen, ich zwei Sous.

Am andern Tage langweile ich mich zum erstenmal; ich warte; worauf warte ich? Ich fühle mich untätig, unruhig. Endlich halte ich es nicht mehr aus.

„Kommt denn Baschir heute nicht, Marzeline?"

„Wenn du willst, hole ich ihn."

Sie verläßt mich, steigt hinunter; nach einem Augenblick kommt sie allein zurück. Was hat die Krankheit aus mir gemacht? Ich bin zum Weinen traurig, daß ich sie ohne Baschir zurückkommen sehe.

„Es war zu spät," sagt sie; „die Kinder sind schon aus der Schule fort und haben sich überall zerstreut. Es sind entzückende darunter, weißt du. Ich glaube, mich kennen jetzt alle."

„Wenigstens sieh zu, daß er morgen da ist."

Am folgenden Tage kam Baschir wieder. Er setzte sich wie zwei Tage zuvor, zog sein Messer und wollte ein zu hartes Holz schneiden; plötzlich bohrte er sich die Klinge in den Daumen. Mich überlief ein Schauder des Grauens; er lachte darüber, zeigte den glänzenden Schnitt, und es machte ihm Spaß, sein Blut fließen zu sehen. Wenn er lachte, zeigte er sehr weiße Zähne; er leckte seine Wunde lustig; seine Zunge war rosig wie die einer Katze. Ah! wie wohl ihm war! Das war es, worein ich mich an ihm verliebte: die Gesundheit. Die Gesundheit dieses kleinen Körpers war schön.

Am nächsten Tage brachte er Steinkügelchen mit. Er wollte, ich sollte spielen. Marzeline war nicht da; sie hätte mich zurückgehalten. Ich zögerte, blickte Baschir an; der Kleine faßte mich am Arm, legte mir die Kugeln in die Hand, zwang mich. Ich kam ganz außer Atem, wenn ich mich bückte, aber ich versuchte trotzdem zu spielen. Baschirs Vergnügen entzückte mich. Schließlich konnte ich nicht mehr. Ich war in Schweiß gebadet. Ich warf die Kugeln hin und ließ mich in einen Sessel fallen. Baschir sah mich ein wenig unruhig an.

„Krank?“ sagte er reizend; der Ton seiner Stimme war wundervoll. Marzeline kam nach Hause.

„Nimm ihn fort,“ sagte ich, „ich bin müde heute morgen.“

Ein paar Stunden darauf hatte ich ein Blutspeien. Es war, als ich mühsam auf der Terrasse hin und her ging; Marzeline war in ihrem Zimmer beschäftigt; zum Glück konnte sie nichts davon sehen. Ich hatte den Mund voll davon ... Aber es war nicht mehr klares Blut wie zur Zeit der ersten Auswürfe; es war ein dicker, scheußlicher Blutkuchen, den ich voll Ekel zu Boden spie.

Ich tat ein paar Schritte und schwankte. Ich war furchtbar erregt. Ich zitterte. Ich hatte Angst; ich war in Zorn. – Denn bis dahin hatte ich geglaubt, Schritt für Schritt werde die Heilung kommen, und ich brauche nur auf sie zu warten. Dieser brutale Zwischenfall hatte mich wieder zurückgeworfen. Seltsam, die ersten Auswürfe hatten mir nicht solchen Eindruck gemacht; ich erinnere mich nun, daß sie mich fast ruhig gelassen hatten. Woher kam also jetzt meine Angst, mein Grauen? Ah! das kam, weil ich das Leben zu lieben begann.

Ich kehrte um, bückte mich, suchte mir den Auswurf wieder, nahm einen Strohhalm, hob den Blutkuchen auf und legte ihn auf mein Taschentuch. Ich sah ihn mir an. Es war ein scheußliches, fast schwarzes Blut, etwas Klebriges, Entsetzliches ... Ich dachte an Baschirs schönes, rotschimmerndes Blut ... Und plötzlich faßte mich ein Verlangen, eine Lust, etwas Wütenderes, Gebieterischeres als alles, was ich bis dahin empfunden hatte: leben! ich will leben. Ich will leben. Ich preßte die Zähne zusammen, die Fäuste, konzentrierte mich ganz und gar, verloren, trostlos, in diesem Ringen nach dem Dasein.

Ich hatte am Tage zuvor, als Antwort auf besorgte Fragen Marzelinens, einen Brief von T*** erhalten; er war voller medizinischer Ratschläge; T*** hatte seinem Brief sogar einige populärmedizinische Broschüren und ein spezielleres Buch beigelegt, das mir darum nicht ernster erschien. Den Brief hatte ich nur nachlässig gelesen, die Bücher gar nicht; zunächst weil mich die Ähnlichkeit dieser Broschüren mit den kleinen Moraltraktaten, durch die man mir die Kindheit verbittert hatte, nicht zu ihren Gunsten einnahm; dann, weil mir alle Ratschläge lästig waren; und schließlich glaubte ich nicht, daß sich diese „Ratschläge für Schwindsüchtige", „Praktische Heilung der Schwindsucht" auf meinen Fall anwenden ließen. Ich hielt mich nicht für schwindsüchtig. Gern schrieb ich mein erstes Blutspucken einer andern Ursache zu; oder vielmehr: eigentlich schrieb ich sie nichts zu, mied es, daran zu denken, dachte kaum daran und hielt mich, wenn noch nicht für geheilt, so doch fast für geheilt ... Ich las den Brief; ich verschlang das Buch, die Abhandlungen. Plötzlich wurde mir mit erschreckender Deutlichkeit klar, daß ich mich nicht gepflegt hatte, wie es nötig gewesen wäre. Bis dahin hatte ich mich leben lassen, hatte mich der unklarsten Hoffnung anvertraut; – plötzlich schien mir mein Leben angegriffen, wild in seinem Zentrum angegriffen. Ein zahlreicher, tätiger Feind lebte in mir. Ich lauschte auf ihn; ich belauerte ihn; ich fühlte ihn. Ich würde ihn nicht ohne Kampf besiegen ... und ich fügte mit halber

Stimme hinzu, wie um mich selber besser zu überzeugen: das ist eine Sache des Willens.

Ich setzte mich in Kriegszustand.

Der Abend senkte sich; ich organisierte meine Strategie. Auf eine Zeitlang sollte einzig meine Heilung mein Studium werden; meine Pflicht war meine Gesundheit; für gut galt es zu halten, *das Gute* zu nennen alles, was mir heilsam war; zu vergessen, abzuweisen galt es alles, was nicht heilte. – Bis zum Nachtmahl hatte ich für die Atmung, die Bewegung, die Ernährung meine Entschlüsse gefaßt.

Wir nahmen unsere Mahlzeiten in einer Art kleinen Kiosks ein, den die Terrasse auf allen Seiten umgab. Allein, ruhig, allem fern, war die Intimität unserer Mahlzeiten entzückend. Aus einem benachbarten Hotel brachte uns ein alter Neger ein erträgliches Essen. Marzeline überwachte die Menüs, bestellte die eine Schüssel, wies eine andere ab ... Da ich meist keinen großen Hunger hatte, litt ich nicht sehr unter den versäumten Schüsseln und den ungenügenden Menüs. Marzeline, selber nicht gewöhnt, viel zu essen, wußte nicht, machte sich nicht klar, daß ich nicht genug aß. Viel zu essen, das war von all meinen Vorsätzen der erste. Ich wollte ihn schon am Abend in Wirklichkeit umsetzen. – Ich konnte nicht. Wir hatten ich weiß nicht was für ein ungenießbares Ragout und dann einen lächerlich überrösteten Braten.

Mein Ärger war so lebhaft, daß ich ihn auf Marzeline übertrug und mich vor ihr in maßlosen Worten erging. Ich beschuldigte sie; wenn man mich anhörte, mußte es scheinen, als hätte sie sich für die schlechte Qualität dieser Gerichte verantwortlich fühlen müssen. Diese kleine Verzögerung des Regimes, das ich zu befolgen beschlossen hatte, wurde von der ernstesten Bedeutung; ich vergaß die vorhergehenden Tage; diese verfehlte Mahlzeit verdarb alles. Ich verbiß mich. Marzeline mußte in die Stadt hinuntersteigen, um eine Konserve oder eine Pastete irgendwelcher Art zu holen.

Sie kam bald mit einer kleinen Terrine zurück, und ich verschlang sie fast ganz, wie um uns beiden zu beweisen, wie sehr ich nötig hatte, mehr zu essen.

Noch am selben Abend legten wir folgendes fest: Die Mahlzeiten sollten viel besser sein, auch viel zahlreicher, alle drei Stunden eine; die erste schon um halb sieben. Ein reichlicher Vorrat von Konserven aller Art sollte die mittelmäßigen Schüsseln des Hotels ergänzen ...

Ich konnte diese Nacht nicht schlafen, so berauschte mich das Vorgefühl meiner neuen Tugenden. Ich hatte, glaube ich, ein wenig Fieber; eine Flasche Mineralwasser war da; ich trank ein Glas davon, ein zweites; beim dritten Mal trank ich aus der Flasche und trank sie mit einem Zuge aus. – Ich ging meinen Vorsatz wieder durch, wie man eine Lektion durchgeht; ich umschrieb meine Feindseligkeit, richtete sie gegen alle Dinge, ich mußte gegen alles kämpfen: mein Heil hing von mir allein ab.

Schließlich sah ich die Nacht erblassen; der Tag erschien.

Das war meine Waffenwacht gewesen.

Am Tage darauf war Sonntag. Bis dahin hatte ich mich, soll ich es gestehen, noch nicht um Marzelinens Glauben gekümmert; aus Gleichgültigkeit oder Schamgefühl schien mir, das gehe mich nichts an; und dann legte ich ihm keine Bedeutung bei. – Heute ging Marzeline in die Messe. Bei ihrer Rückkehr hörte ich, sie habe für mich gebetet. Ich sah sie fest an, dann, so sanft ich konnte:

„Du mußt nicht für mich beten, Marzeline.“

„Weshalb?“ sagte sie, ein wenig verlegen.

„Ich liebe den Beistand nicht.“

„Du weist Gottes Hilfe zurück?“

„Nachher hätte er ein Recht an meine Dankbarkeit. Das schafft Verpflichtungen; die will ich nicht.“

Es sah aus, als scherzten wir, aber wir täuschten uns keineswegs über die Bedeutung unserer Worte.

„Du wirst nicht ganz von selbst gesund werden, armer Freund," seufzte sie.

„Dann um so schlimmer ..." Aber als ich ihre Trauer sah, fügte ich weniger brutal hinzu: „Du wirst mir helfen."

III

Ich will ausführlich von meinem Körper reden. Ich will so viel von ihm reden, daß es euch zunächst scheinen wird, ich vergesse die Rolle des Geistes. Meine Vernachlässigung in dieser Erzählung ist willkürlich; da unten war sie wirklich. Ich hatte nicht Kraft genug, um ein Doppelleben zu unterhalten; der Geist und all das, dachte ich, dafür werde ich später sorgen, wenn es mir besser geht.

Ich war noch weit davon entfernt, daß es mir gut ging. Um ein Nichts war ich in Schweiß, und um ein Nichts erkältete ich mich; ich hatte kurzen Atem, bisweilen ein wenig Fieber; oft schon vom Morgen an ein Gefühl furchtbarer Ermattung, und ich blieb dann, in einem Sessel hingestreckt, liegen, gleichgültig gegen alles, egoistisch, und ich beschäftigte mich ganz einzig mit dem Versuch, gut zu atmen. Ich atmete mühsam, methodisch, sorgfältig; mein Ausatmen vollzog sich in zwei Rucken, die mein überangespannter Wille nicht völlig unterdrücken konnte; noch lange Zeit nachher mied ich sie nur durch beständiges Aufmerken.

Aber worunter ich am meisten zu leiden hatte, das war meine krankhafte Empfindlichkeit gegen jeden Temperaturwechsel. Ich glaube, wenn ich heute darüber nachdenke, es war eine allgemeine Nervenstörung zu der Krankheit hinzugetreten; ich kann mir eine Reihe von Phänomenen, die sich, scheint mir, nicht auf den einfachen Zustand der Schwindsucht zurückführen lassen, nicht anders erklären. Mir war stets entweder zu warm oder zu kalt; ich deckte mich mit lächerlicher

Übertreibung zu, hörte nur zu frösteln auf, um zu schwitzen; deckte mich ein wenig auf und fröstelte, sobald ich nicht mehr schwitzte. Teile meines Körpers wurden zu Eis, waren trotz ihres Schweißes für die Berührung kalt wie Marmor; nichts konnte sie erwärmen. Ich war bis zu einem Grade empfindlich gegen die Kälte, daß ich mir von ein wenig Wasser, das mir beim Waschen auf den Fuß fiel, eine Erkältung holte; und ebenso empfindlich gegen Heißes … Ich behielt diese Empfindlichkeit, ich habe sie noch, aber heute gibt sie mir wollüstige Genüsse. Jede sehr lebhafte Empfindlichkeit kann, je nachdem der Organismus kräftig oder schwach ist, glaube ich, Anlaß zur Entzückung oder Qual werden. Alles was mich noch jüngst quälte, ist mir zum Entzücken geworden.

Ich weiß nicht, wie ich es bis dahin fertig gebracht hatte, bei geschlossenen Fenstern zu schlafen; auf T***s Rat also versuchte ich sie nachts zu öffnen; erst ein wenig; bald stieß ich sie weit auf; bald war es zur Gewohnheit, zu einem solchen Bedürfnis geworden, daß ich erstickte, sobald das Fenster geschlossen war. Mit welchen Entzückungen werde ich später den Wind der Nächte, den Mondschein zu mir hereindringen fühlen …

Ich sehne mich danach, endlich mit diesem ersten Stammeln der Gesundheit abzuschließen. Denn dank der beständigen Pflege, der reinen Luft, der kräftigeren Nahrung ging es mir bald besser. Bisher hatte ich die Atemerschöpfung der Treppe gefürchtet und die Terrasse nicht zu verlassen gewagt; in den letzten Tagen des Januar endlich stieg ich hinunter, wagte ich mich in den Garten.

Marzeline begleitete mich mit einem Schal. Es war drei Uhr nachmittags. Der Wind, der in diesem Lande oft heftig ist und der mich seit drei Tagen sehr gequält hatte, hatte sich gelegt. Die Milde der Luft war wundervoll.

Der öffentliche Garten … Eine sehr breite Allee durchschnitt ihn, beschattet von zwei Reihen jener sehr hohen Mimosenart, die man da unten Kassien nennt. Im Schatten dieser Bäume Bänke. Ein kanalisierter Bach – ich meine, er war mehr tief als breit – fließt fast gerade an der Allee entlang; dann teilen weitere Kanäle das Wasser des Baches, führen es quer durch den Garten zu den Pflanzen hin; das schwere Wasser ist erdfarben, von der Farbe rosigen oder grauen Tons. Fast keine Fremde, ein paar Araber; sie gehen umher, und sobald sie die Sonne verlassen haben, nimmt ihr weißer Mantel die Farbe des Schattens an.

Mich faßte ein eigenartiger Schauer, als ich in diesen seltsamen Schatten trat; ich hüllte mich in meinen Schal; doch keinerlei Unbehagen; im Gegenteil ... Wir setzten uns auf eine Bank. Marzeline schwieg. Araber gingen vorüber; dann kam ein Trupp von Kindern. Marzeline kannte mehrere von ihnen und winkte; sie kamen herbei. Sie nannte mir Namen; es gab Fragen, Antworten, Lächeln, Schmollen, kleine Spiele. All das reizte mich ein wenig, und von neuem kam mein Unbehagen; ich fühlte mich müde und schwitzte. Aber, soll ich es gestehen, nicht die Kinder störten mich, sondern sie. Ja, so wenig es auch war, ihre Gegenwart störte mich. Wäre ich aufgestanden, so wäre sie mir gefolgt; hätte ich meinen Schal abgelegt, sie hätte ihn tragen wollen; hätte ich ihn nachher wieder umgelegt, sie hätte gesagt: „Dich friert doch nicht?" Und dann, mit den Kindern zu sprechen, wagte ich vor ihr nicht; ich sah, daß sie ihre Günstlinge hatte; unwillkürlich, aber aus Voreingenommenheit, interessierte ich mich für die anderen. – „Laß uns nach Hause gehen," sagte ich zu ihr; und ich beschloß für mich, allein in den Garten zurückzukehren.

Am folgenden Tage mußte sie gegen zehn Uhr ausgehn; das benutzte ich. Der kleine Baschir, der selten versäumte, morgens zu kommen, nahm meinen Schal; ich fühlte mich munter, leichten Herzens. Wir waren fast allein in der Allee; ich ging langsam, setzte mich einen Moment und ging weiter. Baschir folgte geschwätzig; treu und behende wie ein Hund. Ich kam bis zu der Stelle des Kanals, wohin die Wäscherinnen waschen kommen. Mitten in den Strom ist ein platter Stein gelegt; darauf lag ein kleines Mädchen und warf, das Gesicht aufs Wasser geneigt, die Hand im Strom, Reiser hinein oder fing sie wieder. Ihre nackten Füße waren ins Wasser getaucht; von diesem Bade bewahrten sie noch die feuchte Spur, und dort erschien ihre Haut dunkler. Baschir näherte sich ihr und sprach mit ihr; sie drehte sich um, lächelte mich an und antwortete Baschir auf Arabisch. – „Das ist meine Schwester," sagte er zu mir, dann erklärte er mir, seine Mutter komme, um Wäsche zu waschen, und seine kleine Schwester erwarte sie. Sie heiße Rhadra, was auf Arabisch ›die Grüne‹ bedeutet. Er sagte all das mit entzückender, klarer Stimme, die ebenso kindlich war wie die Rührung, die ich darüber empfand.

„Sie will, du sollst ihr zwei Sous geben," fügte er hinzu.

Ich gab ihr zehn und machte mich zur Umkehr bereit, als die Mutter kam, die Wäscherin. Es war eine wundervolle Frau, schwer, mit großer, blautätowierter Stirn; sie trug, ähnlich den antiken Kanephoren, und wie sie nur mit einem breiten blauen Stoff verschleiert, der im Gürtel aufgenommen ist und ohne Unterbrechung bis auf die Füße fällt, einen Wäschekorb auf dem Kopfe. – Sowie sie Baschir sah, fuhr sie ihn hart an. Er antwortete heftig; das kleine Mädchen mischte sich hinein; zwischen den dreien entspann sich eine lebhafte Erörterung. Schließlich gab mir Baschir wie besiegt zu verstehen, seine Mutter habe ihn heut' morgen nötig; er reichte mir traurig meinen Schal, und ich mußte ganz allein den Rückweg antreten.

Ich hatte noch keine zwanzig Schritt getan, so schien mir mein Schal von unerträglichem Gewicht; ganz in Schweiß setzte ich mich auf die erste Bank, die ich fand. Ich hoffte, es werde ein Kind vorbeikommen, das mich von dieser Last befreien würde. Es kam auch bald eins; es war ein großer Bursch von vierzehn Jahren, schwarz wie ein Sudanese und gar nicht furchtsam; er bot sich selber an. Er hieß Ashur. Er wäre mir schön erschienen, wenn er nicht einäugig gewesen wäre. Er plauderte gern, sagte mir, woher der Bach komme und daß er hinter dem Stadtgarten in die Oase fließe und sie ganz durchquere. Ich hörte ihm zu und vergaß meine Mattigkeit. So wundervoll mir Baschir erschien, ich kannte ihn mittlerweile zu sehr, und ich freute mich eines Wechsels. Ja, ich versprach mir, eines andern Tages ganz allein in den Garten hinabzusteigen und, auf einer Bank sitzend, den Zufall einer glücklichen Begegnung abzuwarten ...

Nachdem ich noch mehrere Minuten stillgestanden hatte, kamen wir, Ashur und ich, vor meine Tür. Ich hätte ihn gern aufgefordert, mit hinaufzukommen, aber ich wagte es nicht, da ich nicht wußte, was Marzeline dazu sagen würde.

Ich fand sie im Speisesaal, beschäftigt um ein sehr junges Kind, das so kränklich und jämmerlich aussah, daß ich anfangs mehr Abscheu als Mitleid empfand. Ein wenig zaghaft sagte Marzeline:

„Der arme Kleine ist krank.“

„Es ist doch wenigstens nicht ansteckend? Was hat er?“

„Ich weiß es noch nicht allzugenau. Er klagt ein wenig über alles. Er spricht ziemlich schlecht französisch; wenn Baschir morgen kommt, soll er ihm als Dolmetscher dienen ... Ich gebe ihm ein wenig Tee zu trinken.“

Und dann, wie um sich zu entschuldigen, und da ich so dastehen blieb, ohne etwas zu sagen, fügte sie hinzu:

„Ich kenne ihn schon lange; ich hatte noch nicht gewagt, ihn kommen zu lassen; ich fürchtete, dich zu ermüden oder daß er dir vielleicht nicht recht wäre.“

„Warum nur!“ rief ich aus, „bringe alle Kinder mit, die du willst, wenn dir das Spaß macht!“ Und ich dachte, ein wenig ärgerlich, weil ich es nicht getan hatte, ich hätte Ashur ganz gut können heraufkommen lassen.

Unterdes sah ich meine Frau an; sie war mütterlich und liebkosend. Ihre Zärtlichkeit war so rührend, daß der Kleine bald ganz neu belebt davonging. – Ich sprach von meinem Spaziergange und gab Marzeline ohne Härte zu verstehen, weshalb ich lieber allein ausging.

Meine Nächte waren meist noch von plötzlichen Schrecken durchschnitten, die mich vor Kälte starr oder in Schweiß gebadet weckten. Diese Nacht verlief sehr gut und fast ohne Erwachen. Am andern Morgen war ich schon um neun Uhr bereit, auszugehen. Es war schön; ich fühlte mich gut ausgeruht, nicht schwach, heiter, oder vielmehr amüsiert. Die Luft war ruhig und lau, aber ich nahm doch meinen Schal mit als Vorwand, mit dem Bekanntschaft zu schließen, der ihn mir tragen würde.

Ich sagte schon, der Garten stieß an unsere Terrasse; ich war also gleich da. Ich trat voll Entzücken in seinen Schatten. Die Luft war voll Licht. Die Kassien, deren Blüten sehr früh kommen, vor den Blättern, dufteten – wenn nicht etwa jene Art leichten, unbekannten Duftes, der durch mehrere Sinne in mich einzudringen schien und mich erhob, von überallher kam; doch bei der ersten Bank setzte ich mich, aber mehr berauscht, mehr betäubt als müde. Ich blickte umher. Der Schatten war beweglich und leicht, er fiel nicht auf den Boden und schien kaum aufzuruhen. O! Licht! – Ich lauschte. Was hörte ich? Nichts; alles; ich freute mich jeden Geräusches. – Ich entsinne mich eines Strauches, dessen Rinde mir von fern von so phantastischer Konsistenz erschien, daß ich aufstehen mußte, um sie zu betasten. Ich berührte sie, wie man streichelt; ich fand ein Entzücken darin. Ich entsinne mich ... Sollte ich endlich an diesem Morgen geboren werden?

Ich hatte vergessen, daß ich allein war, ich erwartete nichts, vergaß die Stunde. Mir schien, bis zu diesem Tage hatte ich so wenig empfunden, um so viel zu denken, daß ich mich schließlich über dieses wunderte: meine Empfindung wurde so stark wie ein Gedanke.

Ich sage: mir schien – denn aus dem Grunde der Vergangenheit meiner ersten Kinderjahre erwachten endlich tausend Lichter tausend verirrter Empfindungen. Das Bewußtsein meiner Sinne, das mir von neuem kam, erlaubte mir diese unruhige Erkenntnis. Ja, meine Sinne, erwacht fortan, fanden sich eine ganze Geschichte wieder, setzten sich eine Vergangenheit zusammen. Sie lebten! sie lebten! hatten zu leben nie aufgehört, entdeckten selbst durch meine Studienjahre hindurch ein verborgenes und listiges Leben.

Ich hatte an diesem Tage keine Begegnung, und ich war froh darüber; ich zog einen kleinen Homer aus der Tasche, den ich seit meiner Abfahrt aus Marseille nicht mehr aufgeschlagen hatte, las drei Verse aus der Odyssee, lernte sie auswendig, und da ich in ihrem Rhythmus genügende Nahrung fand und mich seiner in Muße freuen konnte, schloß ich das Buch und blieb sitzen, zitternd, lebendiger, als ich geglaubt hatte, daß man sein könnte, und im Geist betäubt vom Glück ...

IV

Unterdes begann mir Marzeline, die meine Gesundheit mit Freuden endlich zurückkehren sah, seit ein paar Tagen, von den wunderbaren Obstgärten der Oase zu erzählen. Sie liebte die freie Luft und das Gehen. Die Freiheit, die mein Kranksein ihr eintrug, erlaubte ihr lange Gänge, von denen sie geblendet zurückkam. Bisher hatte sie kaum davon gesprochen, da sie mich nicht anzureizen wagte, daß ich ihr dorthin folgte, und da sie fürchtete, mich traurig werden zu sehen, wenn sie mir von Vergnügungen erzählte, die ich noch nicht hätte genießen können. Aber jetzt, wo es mir besser ging, rechnete sie auf ihren Reiz, um mich vollends wieder herzustellen. Der Geschmack, den ich am Gehen und am Schauen fand, trieb mich dazu. Und schon am Tage darauf gingen wir zusammen aus.

Sie ging mir auf einem phantastischen Weg voran, dessengleichen ich noch in keinem Lande gesehen habe. Zwischen zwei ziemlich hohen Lehmmauern läuft er wie lässig umher; die Formen der Gärten, die diese hohen Mauern begrenzen, biegen ihn nach Muße; er krümmt sich oder knickt seine Linie, gleich am Eingang macht einen eine Windung irre; man weiß nicht mehr, woher man kommt, noch wohin man geht. Das treue Wasser des Baches folgt dem Pfade, läuft an einer der Mauern hin; die Mauern sind aus eben dem Lehm des Weges, dem der ganzen Oase hergestellt, einem rosigen oder zartgrauen Ton, den das Wasser ein wenig tiefer macht, dem die glühende Sonne eine rissige Oberfläche gibt, und der in der Hitze hart, aber beim ersten Regenguß wieder weich wird und dann einen plastischen Boden bildet, der die Eindrücke der nackten Füße bewahrt. – Über den Mauern Palmen. Bei unserem Nahen flogen Tauben hinein. – Marzeline sah mich an.

Ich vergaß meine Müdigkeit und meinen Zwang. Ich marschierte in einer Art Ekstase, schweigender Fröhlichkeit, einer Art Begeisterung der Sinne und des Fleisches. In dem Moment erhoben sich leichte Hauche; alle Palmen bewegten sich, und wir sahen die höchsten sich neigen; – dann wurde die ganze Luft wieder ruhig, und ich hörte hinter der Mauer deutlich ein Flötenspiel. – Eine Bresche in der Mauer; wir traten ein.

Es war ein Ort voller Schatten und voller Licht; ruhig und, wie es schien, gleichsam vor dem Wetter geschützt; voll Schweigen und Rauschen, dem leichten Geräusch des Wassers, das verrinnt, die Palmen netzt und von Baum zu Baum flieht, dem leisen Ruf der Tauben, dem Flötenspiel eines Kindes. Es hütete eine Ziegenherde; es saß, fast nackt, auf dem Stamm einer gefällten Palme; es kümmerte sich nicht um unser Nahen, entfloh nicht, hörte kaum einen Augenblick mit seinem Spiel auf.

Ich merkte während dieser kurzen Stille, daß in der Ferne eine zweite Flöte antwortete. Wir gingen noch ein wenig weiter hinein, dann sagte Marzeline:

„Unnütz, weiterzugehen; diese Obstgärten sind alle gleich; kaum, daß sie am Rand der Oase ein wenig weiter werden …“ Sie breitete den Schal am Boden aus:

„Ruh' dich aus.“

Wie lange wir dortblieben? ich weiß es nicht mehr; – was kam auf die Stunde an? Marzeline lag dicht neben mir; ich streckte mich hin, legte ihr den Kopf auf die Knie. Das Flötenspiel rann immer noch, hörte Momente auf, begann von neuem; das Geräusch des Wassers … Hin und wieder blökte eine Ziege. Ich schloß die Augen; ich fühlte, wie sich mir Marzelinens frische Hand auf die Stirne legte; ich fühlte die glühende Sonne sanft durch die Palmen sickern; ich dachte an nichts; was lag am Denken? ich empfand außerordentlich …

Und momentelang ein neues Geräusch; ich schlug die Augen auf; es war der leichte Wind in den Palmen; er kam nicht bis zu uns herab, bewegte nur die hohen Palmen …

Am andern Morgen ging ich wieder mit Marzeline in denselben Garten; abends ging ich allein hin. Der Ziegenhirt, der die Flöte spielte, war da. Ich ging zu ihm heran, sprach mit ihm. Er hieß Lassif, war erst zwölf Jahre alt, war schön. Er nannte mir die Namen seiner Ziegen, sagte mir, daß die Kanäle *seghias* hießen; nicht alle fließen alle Tage, belehrte er mich; das Wasser wird klug und sparsam verteilt, genügt dem Durst der Pflanzen und wird ihnen alsbald entzogen. Am Fuße jeder der Palmen ist ein schmales Bassin gegraben, das das Wasser aufnimmt, um den Baum zu tränken; ein sinnreiches Schleusensystem, das mir der Knabe auseinandersetzte, indem er es spielen ließ, lenkt das Wasser, leitet es dahin, wo der Durst zu groß ist.

Am folgenden Tage sah ich einen Bruder Lassifs: er war ein wenig älter, weniger schön; er hieß Lachmi. Mit Hilfe der Art Leiter, die die Narbe der alten abgehauenen Palmzweige am Stamm entlang bildet, kletterte er hoch auf eine gekappte Palme; dann kletterte er behend herab und ließ unter seinem flatternden Mantel eine goldene Nacktheit sehen. Er brachte oben vom Baum, dessen Wipfel man abgeschnitten hatte, eine kleine Tonflasche mit; sie war da oben aufgehängt, dicht bei der frischen Wunde, um den Palmensaft aufzufangen, aus dem man einen süßen Wein bereitet, der den Arabern sehr gefällt ... Auf Lachmis Aufforderung kostete ich davon, aber der fade, strenge und sirupartige Geschmack war mir unangenehm.

Die folgenden Tage ging ich weiter; ich sah andere Gärten, andere Hirten und andere Ziegen. Wie Marzeline gesagt hatte: diese Gärten waren alle gleich; und doch war jeder anders.

Bisweilen begleitete Marzeline mich noch: aber öfter verließ ich sie am Eingang der Obstgärten, indem ich sie überredete, ich sei müde, ich wollte mich setzen, sie solle nicht auf mich warten, denn sie habe das Bedürfnis, mehr zu marschieren; so machte sie ihren Spaziergang ohne mich. – Ich blieb bei den Kindern. Bald kannte ich ihrer eine große Zahl; ich plauderte lange mit ihnen; ich lernte ihre Spiele, gab ihnen andere an, verlor alle meine Sous beim ›Korkspiel‹. Manche begleiteten mich weit (jeden Tag dehnte ich meine Gänge aus), zeigten mir für den Rückweg einen neuen Pfad, beluden sich mit meinem Mantel und meinem Schal, wenn ich bisweilen beides mitnahm; ehe ich sie verließ, verteilte ich mein Kleingeld unter sie; mitunter folgten sie mir, immer spielend, bis zu meiner Tür; mitunter kamen sie schließlich sogar noch weiter.

Dann brachte auch Marzeline ihrerseits welche mit. Sie brachte die aus der Schule mit, die sie zur Arbeit ermunterte; am Schluß der Stunden kamen die Klugen und Ruhigen herauf; die, die ich mitbrachte, waren anders; aber das Spiel vereinigte sie. Wir sorgten dafür, daß wir stets Fruchtsäfte und Leckereien da hatten. Bald kamen andere von selber, selbst ohne Einladung von uns. Ich entsinne mich jedes von ihnen; ich sehe sie noch …

Gegen Ende Januar wurde das Wetter plötzlich schlecht; ein kalter Wind begann zu wehen, und meine Gesundheit litt sofort darunter. Die große, offene Fläche, die die Oase von der Stadt trennt, wurde wieder unpassierbar für mich, und ich mußte mich von neuem mit dem Stadtgarten begnügen. Dann regnete es; ein eisiger Regen, der im Norden, ganz am Horizont, die Berge mit Schnee bedeckte.

Ich verbrachte diese traurigen Tage am Feuer, indem ich wütend gegen die Krankheit kämpfte, die bei diesem schlechten Wetter triumphierte. Traurige Tage; die geringste Anstrengung führte unbequemen Schweiß herbei; meine Aufmerksamkeit zu fixieren erschöpfte mich; sobald ich nicht mehr darüber wachte, daß ich sorgfältig atmete, erstickte ich.

Die Kinder waren mir während dieser traurigen Tage die einzig mögliche Zerstreuung. Während des Regens kamen nur die sehr Vertrauten; ihre Kleider waren durchnäßt; sie setzten sich im Kreise ums Feuer. Lange Zeiten verflossen, ohne daß etwas gesprochen wurde. Ich war zu müde, zu leidend für etwas anderes als sie anzusehen; aber die Anwesenheit ihrer Gesundheit heilte mich. Die, die Marzeline verhätschelte, waren schwach, verkümmert und zu klug; ich ärgerte mich über sie wie über die Kinder, die ich schließlich zurückstieß. Die Wahrheit zu sagen, sie machten mir bange.

Eines Morgens erhielt ich eine merkwürdige Aufklärung über mich selber: Moktir, der einzige unter den Schützlingen meiner Frau, der mich nicht reizte (vielleicht, weil er schön war), war mit mir in meinem Zimmer allein; bis dahin hatte ich ihn mäßig gern, aber sein glänzender und düsterer Blick machte mich neugierig. Eine Neugier, die ich mir nicht recht erklären konnte, drängte mich, seine Gesten zu überwachen. Ich stand am Feuer, die beiden Ellbogen auf dem Kamin, vor einem Buch, und ich schien ganz in Anspruch genommen, konnte aber die Bewegungen des Kindes, dem ich den Rücken zukehrte, im Spiegel sehen. Moktir wußte sich nicht beobachtet und glaubte mich in die Lektüre versenkt. Ich sah, wie er sich geräuschlos einem Tische näherte, auf den Marzeline dicht neben eine Arbeit eine kleine Schere gelegt hatte, sah ihn sie verstohlen ergreifen und mit einem Schlag in seinem Burnus verstecken. Mir schlug das Herz einen Moment lang heftig, aber die vernünftigsten Überlegungen konnten kein Gefühl der Empörung in mir zur Reife bringen. Mehr noch! es gelang mir nicht, mir zu beweisen, daß die Empfindung, die mich da erfüllte, anderes sei als Freude. – Als ich Moktir vollauf Zeit gelassen hatte, mich tüchtig zu bestehlen, wandte ich mich ihm von neuem zu und sprach mit ihm, als wäre nichts geschehen. – Marzeline liebte diesen Knaben sehr; aber ich glaube nicht, daß es die Furcht war, ihr Schmerz zu machen, was mich, als ich sie wiedersah, trieb, statt Moktir zu denunzieren, ich weiß nicht welche Fabel zu erfinden, um den Verlust der Schere zu erklären. – Von diesem Tage an wurde Moktir mein Vorzug.

V

Unser Aufenthalt in Biskra sollte nicht mehr lange dauern. Als die Februarregen vorüber waren, brach die Hitze zu stark aus. Nach mehreren mühsamen Tagen, die wir unter dem Regenguß hatten verleben müssen, erwachte ich eines Morgens plötzlich im Blau. Kaum aufgestanden, lief ich auf die höchste Terrasse. Der Himmel war vom einen Horizont zum andern rein. Unter der schon brennenden Sonne stiegen Dünste auf; die ganze Oase dampfte; fern hörte man den übergetretenen Uëd grollen. Die Luft war so rein und so schön, daß ich mich sofort besser fühlte. Marzeline kam; wir wollten ausgehen, aber der Schmutz hielt uns an diesem Tage zu Hause.

Ein paar Tage darauf gingen wir wieder in Lassifs Obstgarten; die Stämme schienen schwer, weich, geschwellt vom Wasser. Diese afrikanische Erde, deren Erwartung ich nicht kannte, erwachte jetzt nach der Überflutung langer Tage, trunken vom Wasser, berstend von neuen Säften; sie lachte vor einem rasenden Frühling, dessen Widerhall und dessen Doppelgänger gleichsam ich in mir selber fühlte. Ashur und Moktir begleiteten uns erst; ich genoß noch ihre leichte Freundschaft, die nur einen halben Franken am Tage kostete; aber bald war ich ihrer müde, war selber nicht mehr so schwach, daß ich des Beispiels ihrer Gesundheit noch bedurft hätte, und fand in ihren Spielen nicht mehr die Nahrung, die meine Freude brauchte – und da wandte ich die Begeisterung meiner Seele und meiner Sinne Marzeline zu. An der Freude, die ihr das brachte, erkannte ich, daß sie vorher traurig geblieben war. Ich entschuldigte mich wie ein Kind, weil ich sie so oft vernachlässigt hatte, schrieb meine flüchtige und bizarre Stimmung meiner Schwäche zu, versicherte, bisher sei ich zu müde gewesen, um zu lieben, aber hinfort würde ich meine Liebe mit meiner Gesundheit wachsen fühlen. Ich sagte die Wahrheit; aber ohne Zweifel war ich noch immer recht schwach, denn erst mehr als einen Monat später begehrte ich Marzeline.

Inzwischen stieg die Hitze Tag für Tag. Nichts hielt uns in Biskra – außer jenem Reiz, der mich später dahin zurückrufen sollte. Unser Entschluß, fortzugehen, war plötzlich gefaßt. In drei Stunden waren unsere Koffer gepackt. Der Zug fuhr am nächsten Morgen mit der Morgenröte ...

Ich entsinne mich der letzten Nacht. Der Mond war fast voll; durch mein weit offenes Fenster fiel er voll in mein Zimmer. Marzeline schlief, glaube ich. Ich lag im Bett, konnte aber nicht schlafen. Ich fühlte, ich brannte in einer Art glücklichen Fiebers, das nichts anderes war als das Leben ... Ich stand auf, benetzte Hände und Gesicht mit Wasser, stieß die Glastür auf und trat hinaus.

Es war schon spät; kein Geräusch, kein Hauch; die Luft selber schien eingeschlafen. Kaum hörte man in der Ferne die arabischen Hunde, die gleich den Schakalen die ganze Nacht hindurch kläffen. Vor mir der kleine Hof; die Mauer gegenüber schob eine schräge Schattenfläche hinein; die regelmäßigen Palmen schienen, ohne Leben und ohne Farbe, auf ewig regungslos erstarrt ... Aber man findet im Schlummer noch ein Pochen des Lebens wieder – hier schien nichts zu schlafen; alles schien tot. Ich erschrak über diese Ruhe; und plötzlich ergriff mich von neuem, wie um zu protestieren, um sich zu behaupten, sich in der Stille zu quälen, die tragische Empfindung meines Lebens so heftig, fast schmerzhaft, und so ungestüm, daß ich geschrien hätte, hätte ich wie die Tiere schreien können. Ich nahm meine Hand, ich entsinne mich deutlich, ich nahm die linke Hand in die rechte; ich wollte sie mir an den Kopf heben und tat es. Warum? Um mir zur bestätigen, daß ich lebte, und um das wunderbar zu finden. Ich berührte mir die Stirn, die Augenlider. Mich faßte ein Schauder. Es wird ein Tag kommen – dachte ich – ein Tag wird kommen, wo ich selbst das Wasser, nach dem ich am meisten dürste, auch nur an die Lippen zu heben die Kraft nicht mehr habe ... Ich ging wieder hinein, legte mich aber noch nicht wieder nieder; ich wollte diese Nacht fixieren, mir ihr Gedächtnis in die Gedanken prägen, sie behalten; unentschieden, was ich tun sollte, nahm ich ein Buch von meinem Tische – die Bibel – und ließ sie sich aufs Geratewohl öffnen; in den Mondschein geneigt, konnte ich lesen; ich las die Worte Jesu an Petrus, jene Worte, ach! die ich nie wieder vergessen sollte: Da du jünger warest, gürtetest du dich selber und wandeltest, wohin du wolltest; wenn du aber alt wirst, wirst du die Hände ausstrecken ... wirst du die Hände ausstrecken ...

Am andern Tage fuhren wir mit der Morgenröte fort.

VI

Ich werde nicht von jeder Etappe der Reise reden. Manche haben nur eine wirre Erinnerung hinterlassen; meine Gesundheit war bald besser, bald schlechter, schwankte noch im kalten Wind, wurde beim Schatten einer Wolke unruhig; und mein Nervenzustand brachte häufige Störungen mit sich; aber meine Lungen wenigstens heilten. Jeder Rückfall war weniger lang und ernst; sein Angriff war ebenso lebhaft, aber mein Körper wurde besser gegen ihn gerüstet.

Wir waren von Tunis nach Malta, und dann nach Syrakus gefahren; ich trat wieder auf den klassischen Boden, dessen Sprache und Vergangenheit mir bekannt waren. Seit dem Beginn meines Übels hatte ich ohne Prüfung, ohne Gesetz gelebt, mir einfach angelegen sein lassen zu leben, wie es das Tier oder das Kind tut. Jetzt weniger von dem Leiden in Anspruch genommen, wurde mein Leben wieder sicher und bewußt. Nach dieser langen Todesqual hatte ich geglaubt, als derselbe wiedergeboren zu werden und meine Gegenwart bald von neuem an die Vergangenheit anknüpfen zu können; im völlig Neuen eines unbekannten Landes hatte ich mich so täuschen können; hier nicht mehr; alles lehrte mich hier, was mich noch überraschte: ich war verändert.

Als ich in Syrakus und weiterhin meine Studien wieder aufnehmen wollte, mich wieder wie ehedem in die minutiöse Untersuchung des Vergangenen versenken, da entdeckte ich, daß irgend etwas den Geschmack daran für mich, wenn nicht unterdrückt, so doch modifiziert hatte; das war das Gefühl der Gegenwart. Die Geschichte der Vergangenheit nahm jetzt für meine Augen jene Unbeweglichkeit, jene erschreckende Starrheit der nächtlichen Schatten im kleinen Hofe von Biskra an, die Unbeweglichkeit des Todes. Früher hatte ich mich eben dieser Starrheit, die die Präzision meines Geistes erlaubte, gefreut; alle Tatsachen der Geschichte erschienen mir wie die Stücke eines Museums, oder besser wie die Pflanzen eines Herbariums, deren definitive Trockenheit mir vergessen half, daß sie eines Tages reich an Saft unter der Sonne gelebt hatten. Jetzt – wenn ich mir jetzt noch in der Geschichte gefallen konnte, so geschah es, indem ich sie mir als gegenwärtig vorstellte. Die großen politischen Tatsachen mußten mich also weit weniger bewegen als die in mir sich neu gebärende Bewegung der Dichter oder gewisser Männer der Tat. Zu Syrakus las ich Theokrit, und ich träumte, seine Hirten mit den schönen Namen seien eben die, die ich in Biskra geliebt hatte.

Meine Gelehrsamkeit, die bei jedem Schritt aufwachte, war mir im Wege, hinderte meine Freude. Ich konnte kein griechisches Theater, keinen Tempel sehen, ohne ihn im Geist alsbald zu rekonstruieren. Bei jedem antiken Fest machte mich die Ruine, die an seiner Stelle übrig geblieben war, trostlos, daß es tot war; und mir graute vor dem Tode.

Es kam dahin, daß ich die Ruinen floh; daß ich den schönsten Monumenten der Vergangenheit jene niederen Gärten vorzog, die man Latomien nennt, wo die Zitronen die saure Süße der Orangen haben, und die Ufer der Kyane, die im Papyrus noch so blau fließt, wie am Tag, da es geschah, nur um Proserpina zu weinen.

Es kam dahin, daß ich diese Wissenschaft, die erst meinen Stolz ausgemacht hatte, in mir verachtete; diese Studien, die erst mein ganzes Leben gewesen waren, schienen mir nur noch eine ganz zufällige und konventionelle Beziehung zu mir zu haben. Ich fand mich anders, und ich existierte – o Freude! – außerhalb von ihnen. Als Spezialist schien ich mir stumpfsinnig. Als Mensch – kannte ich mich? Ich wurde kaum erst geboren und konnte noch nicht sagen, als wer ich geboren wurde. Das galt es zu lernen.

Nichts Tragischeres für den, der daran zu sterben glaubte, als eine langsame Genesung. Nachdem der Flügel des Todes einen berührt hat, ist, was beträchtlich schien, nicht mehr beträchtlich; andere Dinge sind es, die nicht wichtig schienen, oder von denen man nicht einmal wußte, daß sie existierten. Die Anhäufung aller erworbenen Kenntnisse auf unserm Geist schuppt ab wie eine Schminke und läßt stellenweise das Fleisch selber nackt sehen, das authentische Wesen, das sich verbarg.

Das wollte ich von da an entdecken: das authentische Wesen, den „alten Menschen", den, den das Evangelium nicht mehr wollte; den, den alles um mich, Bücher, Lehrer, Eltern, und den ich selber erst zu unterdrücken gesucht hatte. Und schon schien er mir dank der Überladung verwischter und schwieriger zu entdecken, aber auch um so nützlicher zu entdecken, und umso wertvoller. Ich verachtete von nun an dieses sekundäre, erlernte Wesen, das der Unterricht darüber gezeichnet hatte. Es galt diese Überladung abzuschütteln.

Und ich verglich mich mit den Palimpsesten; ich kostete die Freude des Gelehrten, der unter der neueren Schrift auf dem gleichen Papier einen sehr alten, unendlich viel kostbareren Text entdeckt. Welches war er, dieser verborgene Text? Galt es nicht, um ihn zu lesen, erst die jüngeren Texte auszulöschen?

Auch war ich nicht mehr das kränkliche und arbeitsame Wesen, für das meine einstige, ganz starre und einschränkende Moral gepaßt hatte. Hier galt es mehr als eine Genesung; hier galt es eine Vermehrung, einen Wiederaufbruch des Lebens, den Zustrom eines reicheren und wärmeren Blutes, das meine Gedanken berühren, sie einzeln, nacheinander berühren, alles durchdringen, aufregen, die fernsten, zartesten und heimlichsten Fibern meines Wesens färben mußte. Denn, Stärke oder Schwäche, darein fügt man sich; das Wesen formt sich nach den Kräften, die es hat; aber daß sie sich steigern, daß sie zulassen, daß man mehr kann, und ... All diese Gedanken hatte ich damals noch nicht, und hier entstellt mich mein Bild. Die Wahrheit zu sagen, ich dachte nicht, ich prüfte mich nicht; eine glückliche Fatalität führte mich. Ich fürchtete, ein zu eiliger Blick könne das Geheimnis meiner langsamen Umbildung stören. Es galt, den verlöschten Lettern die Zeit zum Wiedererscheinen zu lassen, man durfte sie nicht zu bilden suchen. – Ich überließ also mein Gehirn – nicht sich selber, ich ließ es brach liegen, ich gab mich mir selber, den Dingen, dem All, das mir göttlich erschien, wollüstig hin. Wir hatten Syrakus verlassen, und ich lief auf dem schroffen Wege, der Taormina mit Mola verbindet, und schrie, um es in mir zu rufen: Ein neues Wesen! Ein neues Wesen!

Meine einzige Bemühung, eine damals ständige Bemühung, war also, systematisch alles, was ich nur meinem vergangenen Unterricht und meiner ersten Moral zu verdanken glaubte, zu verhöhnen oder zu unterdrücken. Aus entschlossener Verachtung für meine gelehrten Neigungen weigerte ich mich, Agrigent zu sehen, und ein paar Tage darauf machte ich auf dem Wege nach Neapel bei dem schönen Tempel von Paestum, wo Griechenland noch atmet, und wohin ich zwei Jahre später ging, um, ich weiß nicht mehr zu welchem Gotte, zu beten, nicht Halt.

Was rede ich von einziger Bemühung? Konnte ich mich für mich anders als wie für ein zu vervollkommnendes Wesen interessieren? Diese unbekannte Vollkommenheit, die ich mir dunkel vorstellte – nie war mein Wille gesteigerter gewesen als um nach ihr zu trachten; ich wandte diesen ganzen Willen darauf, meinen Körper zu kräftigen, ihn braun zu machen. Nahe bei Salerno hatten wir die Küste verlassen und waren nach Ravello hinaufgegangen. Dort halfen die lebhaftere Luft, der Reiz der Felsen voller Winkel und Überraschungen, die unbekannte Tiefe der Täler meiner Kraft, meiner Freude, und beförderten meinen Aufschwung.

Mehr dem Himmel genähert als vom Ufer entfernt, blickt Ravello, auf einer jähen Höhe, hinüber auf das ferne und flache Gestade von Paestum. Es war unter der Normannenherrschaft eine fast bedeutende Stadt; es ist nur noch ein enges Dorf, wo wir, glaube ich, die einzigen Fremden waren. Ein altes Kloster, das jetzt in ein Hotel umgewandelt ist, beherbergte uns; gelegen auf dem Ende des Felsens, schienen seine Terrassen und sein Garten im Azur überzuhängen. Hinter der von Reben bedeckten Mauer sah man zunächst nichts als das Meer; man mußte nahe an die Mauer treten, um den bebauten Abhang zu sehen, der Ravello mehr in Treppen als in Pfaden mit dem Ufer verband. Über Ravello führte das Gebirge weiter. Oliven, ungeheure Johannisbrotbäume, in ihrem Schatten Cyclamina; weiter oben Kastanien in großer Zahl, eine frische Luft, nordische Pflanzen; weiter unten Zitronen nahe am Meer. Sie sind in kleinen Kulturen angeordnet, die das Gefälle des Bodens bedingt; es sind stufenförmige Gärten, fast alle gleich; eine schmale Gasse führt von einem Ende zum andern hindurch; man tritt ohne Geräusch hinein, wie ein Dieb. Man träumt unter diesem grünen Schatten; das Laub ist dicht, schwer, kein freier Strahl dringt ein; wie Tropfen dicken Wachses hängen die duftenden Zitronen; im Schatten sind sie weiß und grünlich; sie hängen in Armesweite, faßbar für den Durst; sie sind mild, herb; sie erfrischen.

Der Schatten unter ihnen war so dicht, daß ich nach dem Gehen, bei dem ich noch schwitzte, nicht stillzustehen wagte. Doch die Treppen erschöpften mich nicht; ich übte mich, sie mit geschlossenem Munde zu steigen; ich schob meine Haltepunkte immer mehr auseinander; sagte mir: bis dahin will ich gehen, ohne schwach zu werden; dann, am Ziel angelangt, fand ich in meinem zufriedenen Stolz meinen Lohn, atmete lang, mächtig und so, daß ich die Luft wirksamer meinte in meine Brust eindringen zu fühlen. Ich trug in all diese Sorgen um den Körper meine ganze Emsigkeit von ehedem hinein. Ich machte Fortschritte.

Ich wunderte mich bisweilen, daß meine Gesundheit so schnell zurückkam. Ich kam dahin, daß ich glaubte, ich habe mir anfangs den Ernst meines Zustandes übertrieben; daß ich zweifelte, ob ich sehr krank gewesen sei, daß ich über mein Blutspeien lachte und bedauerte, daß meine Genesung nicht schwieriger gewesen war.

Ich hatte mich erst sehr dumm gepflegt, da ich die Bedürfnisse meines Körpers nicht kannte. Ich studierte sie geduldig und wurde, was die Vorsicht und Pflege angeht, so dauernd erfinderisch, daß ich mich dabei wie bei einem Spiel amüsierte. Worunter ich noch immer am meisten litt, das war meine krankhafte Empfindlichkeit gegen den geringsten Temperaturwechsel. Ich schrieb diese Überempfindlichkeit jetzt, da meine Lungen geheilt waren, meiner Nervenschwäche zu, einem Rückstand der Krankheit. Ich beschloß, das zu besiegen. Der Anblick der schönen, gebräunten und gleichsam von Sonne durchtränkten Haut, wie sie bei der Arbeit auf dem Felde ein paar halbnackte Bauern in offener Jacke zeigte, reizte mich, mich ebenso bräunen zu lassen. Eines Morgens, als ich mich nackt ausgezogen hatte, betrachtete ich mich; der Anblick meiner zu mageren Arme, meiner Schultern, die die größten Anstrengungen nicht genügend nach hinten biegen konnten, aber vor allem die Weiße, oder vielmehr die Farbleere meiner Haut füllten mich mit Tränen und mit Scham. Ich zog mich rasch wieder an, und statt nach Amalfi zu hinabzusteigen, wie ich es mir angewöhnt hatte, schlug ich die Richtung zu den mit flachem Grase und mit Moos bedeckten Felsen ein, fern von den Wohnungen, fern von den Straßen, wo ich wußte, daß ich nicht gesehen werden konnte. Dort angekommen, zog ich mich langsam aus. Die Luft war fast frisch, aber die Sonne brannte. Ich bot ihrer Flamme meinen ganzen Körper dar. Ich setzte mich, ich legte mich hin, ich wendete mich. Ich fühlte unter mir den harten Boden, die Bewegungen der losen Gräser streiften mich. Obgleich ich im Windschutz lag, zitterte und zuckte ich bei jedem Hauch. Bald hüllte mich ein köstliches Brennen ein; mein ganzes Wesen floß in meine Haut.

Wir blieben vierzehn Tage in Ravello; jeden Morgen ging ich wieder zu diesen Felsen und machte meine Kur durch. Bald wurde mir das Übermaß an Kleidung, mit dem ich mich noch bedeckte, lästig und unnötig; meine tonifizierte Epidermis schwitzte nicht mehr unaufhörlich und wußte sich durch ihre eigene Wärme zu schützen.

Am Morgen eines der letzten Tage (wir waren Mitte April) wagte ich mehr. In einer Nische der Felsen, von denen ich rede, floß eine klare Quelle. Sie fiel sogar in einem Wasserfall herab, freilich mit ziemlich wenig Wasser, doch hatte sie unter dem Fall ein tieferes Becken gegraben, wo das sehr klare Wasser stehen blieb. Dreimal war ich dorthin gekommen, hatte mich darüber geneigt, hatte mich auf dem Rande ausgestreckt, voller Durst und voll von Wünschen; lange hatte ich auf den polierten Felsboden hinabgeblickt, wo man keinen Schmutz sah, keinen Halm, wo die Sonne schwingend und farbig werdend hinabdrang. Diesen vierten Tag trat ich, im voraus entschlossen, bis an das Wasser heran, das klarer war als je, und tauchte, ohne weiter zu überlegen, mit einem Satz ganz hinein. Schnell erstarrt verließ ich das Wasser und streckte mich im Grase aus. Da wuchs duftende Pfefferminze; ich pflückte davon, ich zerrieb die Blätter und rieb meinen ganzen feuchten, aber brennenden Körper damit ein. Ich blickte mich lange an, nicht mehr mit Scham, mit Freude. Ich fand mich zwar noch nicht kräftig, aber ich fand, ich könne es werden; ich fand mich harmonisch, sinnlich, beinahe schön.

VII

So begnügte ich mich statt alles Handelns, aller Arbeit mit Körperübungen, die sicherlich auf meine veränderte Moral schließen ließen, die aber mir schon nur noch als eine Erziehung, als ein Mittel erschienen und mich nicht mehr an sich befriedigten.

Doch noch einen Akt, der in euren Augen vielleicht lächerlich erscheint, den ich aber anführen will, weil er in seiner Kindlichkeit das Bedürfnis kennzeichnet, das mich quälte, die intime Veränderung meines Seins nach außenhin kundzutun: In Amalfi hatte ich mich rasieren lassen.

Bis zu jenem Tage hatte ich meinen vollen Bart und das Haar ganz kurz getragen. Es war mir nie in den Sinn gekommen, daß ich ebensogut hätte eine andere Frisur tragen können. Und an dem Tage, als ich mich zum erstenmal nackt auf den Felsen gelegt hatte, störte mich dieser Bart plötzlich; er war sorgfältig geschnitten, nicht spitz, sondern in eine viereckige Form gebracht, die mir alsbald häßlich und lächerlich erschien. Als ich ins Hotelzimmer zurückkam, sah ich mich in dem Spiegel und mißfiel mir; ich sah nach dem aus, was ich bis dahin gewesen war: nach einem Paragraphen. Gleich nach dem Frühstück stieg ich, sowie mein Entschluß gefaßt war, nach Amalfi hinunter. Die Stadt ist sehr klein: ich mußte mich mit einem gemeinen Laden am Markt begnügen. Es war Markttag; der Laden war voll; ich mußte endlos lange warten; aber nichts, weder die zweifelhaften Rasiermesser noch der gelbe Pinsel, noch der Geruch, noch das Geschwätz des Barbiers, konnte mich wankend machen. Als ich meinen Bart unter seiner Schere fallen fühlte, war es, als nähme ich eine Maske ab. Einerlei! als ich mich nachher sah, da war die Aufregung, die mich erfüllte, und die ich nach Kräften unterdrückte, nicht Freude, sondern Furcht. Ich diskutiere diese Empfindung nicht; ich konstatiere sie. Ich fand meine Züge ziemlich schön ... nein, die Furcht kam daher, weil mir schien, man sähe meine Gedanken nackt, und daher, weil sie mir plötzlich furchtbar erschienen.

Dagegen ließ ich mir das Haar wachsen.

Das ist alles, was mein neues, noch müßiges Wesen zu tun fand. Ich dachte, es würden Handlungen aus ihm geboren werden, die mich selber erstaunen würden; aber später; später, sagte ich mir – wenn das Wesen ausgebildeter sein würde. Da ich inzwischen zu leben gezwungen war, so bewahrte ich mir wie Descartes eine provisorische Handlungsweise. So konnte Marzeline sich darüber täuschen. Freilich hätte sie der Wandel meines Blicks und, besonders an dem Tage, als ich ohne Bart erschien, der neue Ausdruck meiner Züge vielleicht beunruhigt, aber sie liebte mich schon zu sehr, um mich recht zu sehen; und dann beruhigte ich sie nach Kräften. Es kam darauf an, daß sie meine Wiedergeburt nicht störte; um sie ihren Blicken zu entziehen, mußte ich also spielen.

Ohnehin war der, den Marzeline liebte, der, den sie geheiratet hatte, nicht mein „neues Wesen“. Und ich wiederholte mir das, um mich anzureizen, daß ich es verberge. So gab ich ihr von mir nur ein Bild, das eben, weil es beständig und der Vergangenheit treu war, von Tag zu Tag falscher wurde.

Meine Beziehungen zu Marzeline blieben also inzwischen die gleichen – freilich von Tag zu Tag durch eine stets größere Liebe gehoben. Selbst meine Heuchelei (wenn man das Bedürfnis, mein Denken vor ihrem Urteil zu bewahren, so nennen kann) steigerte sie. Ich will sagen, dieses Spiel beschäftigte mich unaufhörlich mit Marzeline. Vielleicht fiel mir dieser Zwang zur Lüge anfangs ein wenig schwer; aber ich kam bald dahin, daß ich begriff, wie die Dinge, die man für die schlimmsten hält (die Lüge, um nur dies eine zu nennen), nur schwierig sind, solange man sie nie getan hat; daß sie aber, jede einzeln, sehr schnell leicht, angenehm, süß zu wiederholen, und bald wie natürlich werden. So also fand ich wie bei allem, wobei ein erster Abscheu überwunden ist, schließlich an dieser Heuchelei selber Vergnügen, daran, mich bei ihr aufzuhalten, wie beim Spiel meiner unbekannten Fähigkeiten. Und jeden Tag machte ich Fortschritte in einem reicheren und volleren Leben, auf ein intensiveres Glück zu.

VIII

Die Straße von Ravello nach Sorrent ist so schön, daß ich an jenem Morgen nichts Schöneres auf der Erde zu sehen wünschte. Die heiße Rauheit des Felsens, die Fülle der Luft, die Düfte, die Durchsichtigkeit, alles erfüllte mich mit dem wundervollen Reiz des Lebens und genügte mir bis zu einem Grade, daß nichts als eine leichte Freude in mir zu wohnen schien; Erinnerungen oder Sehnsüchte, Hoffnung oder

Verlangen, Zukunft und Vergangenheit schwiegen; ich kannte vom Leben nur noch, was der Moment von ihm brachte, von ihm davontrug. – O körperliche Freude! rief ich aus; sicherer Rhythmus meiner Muskeln! Gesundheit!

Ich war am frühen Morgen aufgebrochen, vor Marzeline, deren zu ruhige Freude meine gemäßigt hätte, wie ihr Schritt meinen verlangsamt hätte. Sie sollte mich im Wagen einholen, in Positano, wo wir frühstücken wollten.

Ich näherte mich Positano, als mich ein Geräusch von Rädern, das den Baß zu einem wunderlichen Singen abgab, plötzlich veranlaßte, mich umzublicken. Und erst konnte ich wegen einer Wendung der Straße, die an dieser Stelle an die Klippe tritt, nichts sehen; dann stieg plötzlich in wildem Zickzack ein Wagen auf; es war der Marzelinens. Der Kutscher sang aus vollem Halse, vollführte große Gesten, stieg auf seinen Sitz und peitschte wild auf das rasend gewordene Pferd los. Was für eine Bestie! Er fuhr an mir vorbei, ich hatte nur gerade noch Zeit, zurückzuspringen; er hielt nicht auf meinen Ruf ... Ich stürzte hinterdrein, aber der Wagen fuhr zu schnell. Ich zitterte zugleich, Marzeline plötzlich hinausspringen und sie darin bleiben zu sehen; ein Satz des Pferdes konnte sie ins Meer hinabschleudern ... Plötzlich stürzt das Pferd. Marzeline steigt aus, will fliehen; aber schon bin ich bei ihr. Sowie der Kutscher mich sieht, empfängt er mich mit furchtbaren Flüchen. Ich war wütend auf diesen Menschen; bei seiner ersten Beschimpfung stürzte ich mich auf ihn und warf ihn brutal von seinem Sitze hinunter. Ich rollte mit ihm am Boden, verlor aber nicht die Oberhand; er schien vom Fall betäubt, und bald war er es noch mehr von einem Faustschlag, den ich ihm voll ins Gesicht versetzte, als ich sah, daß er mich beißen wollte. Doch ließ ich ihn nicht los, sondern preßte ihm das Knie auf die Brust und suchte seiner Arme Herr zu werden. Ich sah sein häßliches Gesicht an, das meine Faust noch häßlicher gemacht hatte; er spuckte, geiferte, blutete, fluchte, ah! das scheußliche Wesen! Wahrhaftig! ihn erdrosseln schien berechtigt – und vielleicht hätte ich es getan ... wenigstens fühlte ich mich dazu imstande; und ich glaube wohl, daß mich nur der Gedanke an die Polizei abhielt.

Es gelang mir, nicht ohne Mühe, den Rasenden festzubinden. Wie einen Sack warf ich ihn in den Wagen.

Ah! welche Blicke und welche Küsse wir nachher tauschten! Die Gefahr war nicht groß gewesen; aber ich hatte meine Kraft zeigen müssen, und zwar, um sie zu schützen. Es war mir gewesen, ich könnte mein Leben für sie geben ... und es ganz hingeben, mit Freuden ... Das Pferd hatte sich wieder erhoben. Wir ließen dem Trunkenbold den hinteren Wagen, stiegen alle beide auf den Bock, lenkten, so gut es gehen wollte, und konnten Positano und dann Sorrent erreichen.

In dieser Nacht ergriff ich Besitz von Marzeline.

Habt ihr mich recht verstanden, oder muß ich es wiederholen, daß ich fast ein Neuling in den Dingen der Liebe war? Vielleicht verdankte unsere Hochzeitsnacht ihre Anmut der Neuheit ... Denn wenn ich mich: heute besinne, scheint mir, diese erste Nacht war die einzige; so steigerten die Erwartung und die Überraschung der Liebe die Wollust der Genüsse – so sehr genügt eine einzige Nacht der größten Liebe, um sich auszusprechen, und so hartnäckig bringt mir meine Erinnerung einzig sie zurück. Es war ein Lachen eines Momentes, in dem unsere Seelen zusammenflossen ... Aber ich glaube, es gibt einen Punkt der Liebe, der ist einzig, und später, ah! da sucht ihn die Seele vergebens zu übertreffen; die Anstrengung, die sie macht, ihr Glück zu erwecken, nutzt sie ab; nichts hindert das Glück so sehr wie die Erinnerung an das Glück. Ah! ich erinnere mich dieser Nacht ...

Unser Hotel lag, von Gärten, Obstgärten umgeben, außerhalb der Stadt; ein sehr weiter Balkon setzte unser Zimmer fort; ihn streiften Zweige. Die Morgenröte trat frei durch unser weit offenes Fenster. Ich hob mich leise, und zärtlich neigte ich mich über Marzeline. Sie schlief; sie schien im Schlafen zu lächeln. Ich dünkte mich um so stärker zu sein, als ich sie zarter empfand, und weil ihre Anmut eine Zerbrechlichkeit war. Wildirre Gedanken wirbelten mir im Kopfe. Ich dachte, sie log nicht, wenn sie sagte, ich sei ihr alles; und dann: „Und was tue ich für ihre Freude? Fast jeden Tag und fast den ganzen Tag lasse ich sie allein; sie erwartet alles von mir, und ich vernachlässige sie! ... ah! arme, arme Marzeline! ...“ Tränen füllten mir die Augen. Vergebens suchte ich in meiner vergangenen Schwäche etwas wie eine Entschuldigung; was hatte ich jetzt mit beständiger Pflege und mit dem Egoismus zu tun? war ich nicht stärker, jetzt, als sie? ...

Das Lächeln hatte ihre Wangen verlassen; die Morgenröte, die doch alles sonst vergoldete, machte mir sie plötzlich traurig und blaß; – Und vielleicht machte mich das Nahen des Morgens für die Angst empfänglich: „Werde ich eines Tages umgekehrt dich pflegen müssen? mich um dich sorgen, Marzeline?“ rief ich in meinem Innern aus. Mir schauderte, und ganz von Liebe, von Mitleid, von Zärtlichkeit starr, drückte ich leise zwischen ihre geschlossenen Augen den zärtlichsten, den verliebtesten, den frömmsten der Küsse.

IX

Die wenigen Tage, die wir in Sorrent verlebten, waren lächelnde und sehr ruhige Tage. Hatte ich je solche Ruhe, solches Glück gekostet? Würde ich in Zukunft je seinesgleichen kosten? ... Ich war unaufhörlich um Marzeline; ich beschäftigte mich weniger mit mir und beschäftigte mich mehr mit ihr, und ich fand im Plaudern mit ihr die Freude, die ich die Tage zuvor im Schweigen genossen hatte.

Ich konnte zunächst erstaunt sein, als ich fühlte, daß unser fahrendes Leben, in dem ich mich völlig zu befriedigen behauptete, ihr nur als ein provisorischer Zustand gefiel; aber alsbald wurde auch mir die Untätigkeit dieses Lebens klar; ich nahm nun an, es habe nur seine Zeit und zum erstenmal wurde ein Verlangen nach Arbeit aus der Beschäftigungslosigkeit selber heraus geboren, in der mich schließlich meine wiederhergestellte Gesundheit ließ – ich sprach im Ernst von Heimkehr; an der Freude, die Marzeline darüber zeigte, erkannte ich, daß sie seit langem daran dachte.

Doch die paar historischen Arbeiten, an die ich wieder zu denken begann, hatten für mich nicht mehr denselben Reiz. Ich habe euch schon gesagt: seit meiner Krankheit erschien mir die abstrakte und neutrale Kenntnis der Vergangenheit eitel, und wenn ich mich ehedem mit philologischen Untersuchungen hatte befassen können, indem ich es mir zum Beispiel angelegen sein ließ, die Rolle des gotischen Einflusses in der Auflösung der lateinischen Sprache zu präzisieren, und dabei die Gestalten Theodorichs, Kassiodors und der Amalaswintha und ihre wundervollen Leidenschaften ignorierte, um mich nur noch über den Zeichen, dem Rückstand ihres Lebens, zu erwärmen, so waren mir jetzt eben diese Zeichen und die ganze Philologie nur noch gleichsam ein Mittel, besser in das einzudringen, dessen wilde Größe und dessen Adel mir klar wurden. Ich beschloß, mich mit dieser Epoche mehr zu befassen, mich eine Zeitlang auf die letzten Jahre des gotischen Reichs zu beschränken und unseren demnächstigen Aufenthalt zu Ravenna, dem Schauplatz seines Todeskampfes, auszunutzen.

Aber, soll ich es gestehen, die Gestalt des jungen Königs Athalarich zog mich am meisten an. Ich stellte mir dies Kind von fünfzehn Jahren vor, das sich, heimlich von den Goten aufgereizt, gegen seine Mutter Amalaswintha auflehnt, wider seine lateinische Erziehung lökt, die Kultur abwirft, wie es ein Hengst mit einem lästigen Harnisch tut, die Gesellschaft der zuchtlosen Goten der des zu weisen und alten Kassiodor vorzieht, und so mit rüden Günstlingen seines Alters ein paar Jahre lang ein gewalttätiges, wollüstiges und zügelloses Leben kostet, um mit achtzehn Jahren ganz verdorben, von Ausschweifungen übersättigt, zu sterben. Ich fand in diesem tragischen Anlauf zu einem wilderen und unberührteren Zustand etwas von dem, was Marzeline „meine Krisis" nannte. Ich suchte eine Befriedigung darin, wenigstens meinen Geist darauf zu verwenden, da ich meinen Körper nicht mehr damit beschäftigte; und in dem furchtbaren Tod Athalarichs, überredete ich mich nach Kräften, galt es eine Lehre zu lesen.

Vor Ravenna, wo wir uns also vierzehn Tage aufhalten wollten, wollten wir in aller Eile Rom und Florenz sehen, dann Venedig und Verona liegen lassen und den Schluß der Reise beschleunigen, indem wir erst wieder in Paris Halt machten. Ich fand ein ganz neues Vergnügen darin, mit

Marzeline von der Zukunft zu reden; eine gewisse Unentschiedenheit blieb noch inbetreff der Verwendung des Sommers; alle beide der Reisen müde, wollten wir nicht wieder fort; ich wünschte mir für meine Studien die allergrößte Ruhe; und wir dachten an ein ertraggebendes Out zwischen Lisieux und Pont-L'Evêque, in der grünsten Normandie – ein Gut, das einst meiner Mutter gehört hatte, und wo ich mit ihr ein paar Jahre meiner Kindheit verbracht hatte, wohin ich aber seit ihrem Tode nicht mehr gekommen war. Mein Vater hatte die Unterhaltung und Überwachung einem jetzt bejahrten Aufseher anvertraut, der die Pachtgelder für ihn erhob und uns dann regelmäßig schickte. Ein großes und sehr angenehmes Haus in einem von fließenden Wassern durchschnittenen Garten hatte in mir entzückte Erinnerungen hinterlassen; man nannte es *La Morinière*; mir schien, es müsse gut tun, dort zu wohnen.

Ich sprach davon, den nächsten Winter – diesmal als Arbeiter, nicht mehr als Reisender – in Rom zu verbringen ... Aber dieser Plan wurde bald umgestoßen: in der wichtigen Korrespondenz, die uns seit langem in Neapel erwartete, teilte mir ein Brief unerwarteterweise mit, da im *Collège de France* ein Stuhl leer stehe, sei mehrere Male mein Name genannt worden; es war nur eine Stellvertretung, die mir aber gerade für die Zukunft eine größere Freiheit lassen würde; der Freund, der mich hierüber unterrichtete, gab mir, wenn ich annehmen wollte, ein paar leichte Schritte an, die zu tun waren – und er drängte mich sehr, anzunehmen. Ich zögerte, da ich zunächst vor allem eine Sklaverei sah; dann dachte ich, es könne interessant sein, meine Arbeiten über Kassiodor in einem Kolleg auseinanderzusetzen ... schließlich gab die Freude, die ich Marzeline machen würde, den Ausschlag. Und sobald meine Entscheidung getroffen war, sah ich nur noch ihre gute Seite.

In der gelehrten Welt von Rom und Florenz unterhielt mein Vater mehrere Beziehungen, mit denen auch ich in Korrespondenz getreten war. Sie gaben mir alle Mittel an die Hand, die Untersuchungen anzustellen, die ich wünschte, in Ravenna wie anderswo; ich dachte nur noch an die Arbeit. Marzeline strengte ihren Scharfsinn an, sie durch tausend reizende Sorgen und tausend Zuvorkommenheiten zu begünstigen.

Unser Glück war während dieses Schlusses der Reise so gleichmäßig, so ruhig, daß ich nichts davon erzählen kann. Die schönsten Werke der Menschen sind hartnäckig schmerzlich. Was wäre die Erzählung vom Glück? Nur was es vorbereitet, und dann was es vernichtet, läßt sich erzählen. – Und ich habe euch nunmehr alles genannt, was es vorbereitet hatte.

Zweiter Teil

I

Wir kamen in den ersten Julitagen auf der Morinière an, nachdem wir uns in Paris nur die für unsere Verproviantierung und für einige wenige Besuche streng notwendige Zeit aufgehalten hatten.

Die Morinière liegt, wie ich schon sagte, zwischen Lisieux und Pont-L'Evêque, im schattigsten, wasserreichsten Lande, das ich kenne. Vielfache Täler, eng und weich gekrümmt, münden nicht fern in das breite Tal von Auge, das sich in einem Zuge bis zum Meere abflacht. Kein Horizont; Genaue voller Geheimnisse; ein paar Felder, aber vor allem Wiesen, weich hängende Weiden, deren dichtes Gras zweimal im Jahre gemäht wird, wo zahlreiche Apfelbäume, wenn die Sonne niedrig steht, ihre Schatten vereinen, wo freie Herden weiden; in jeder Senkung Wasser: Teich, Pfuhl oder Bach; man hört beständiges Rieseln.

Ah! wie gut ich das Haus wiederkannte! seine blauen Dächer, seine Backstein- und Sandsteinmauern, seine Gräben, die Reflexe der schlafenden Wasser ... Es war ein altes Haus, in dem man mehr als zwölf hätte unterbringen können; Marzeline, drei Dienstboten und ich, der bisweilen mithalf, hatten reichlich zu tun, um einen Teil von ihm zu beleben. Unser alter Verwalter, der Bocage hieß, hatte schon nach bestem

Können einige Zimmer herrichten lassen; aus ihrem zwanzigjährigen Schlummer erwachten die alten Möbel; alles war geblieben, wie meine Erinnerung es sah, das Getäfel nicht zu sehr ruiniert, die Zimmer behaglich bewohnbar. Um uns noch besser zu empfangen, hatte Bocage alle Vasen, die er finden konnte, mit Blumen gefüllt. Er hatte den großen Hof und vom Park die nächsten Alleen ausjäten und ausschaufeln lassen. Das Haus empfing, als wir ankamen, den letzten Strahl der Sonne, und aus dem Tale vor ihm war ein regloser Dunst emporgestiegen, der den Fluß verschleierte und offenbarte. Schon ehe wir ankamen, erkannte ich plötzlich den Duft des Grases; und als ich von neuem den scharfen Schrei der Schwalben ums Haus kreisen hörte, erhob sich plötzlich die ganze Vergangenheit, als erwarte sie mich und wolle sich, da sie mich erkannte, hinter meinem Nahen wieder schließen.

Nach ein paar Tagen wurde das Haus beinahe behaglich; ich hätte mich an die Arbeit begeben können; ich zögerte, da ich noch immer meine Vergangenheit bis ins kleinste vor mir aufsteigen sah und bald von einer zu neuen Erregung in Anspruch genommen wurde: Marzeline vertraute mir eine Woche nach unserer Ankunft an, sie sei schwanger.

Von da an schien mir, ich schulde ihr neue Pflege, sie habe ein Recht mehr an Zärtlichkeit; wenigstens in den ersten Zeiten, die ihrer Mitteilung folgten, verbrachte ich also alle Momente des Tages bei ihr. Wir gingen und setzten uns nahe beim Holze auf die Bank, wo ich mich ehemals mit meiner Mutter zu setzen pflegte; dort verfloß, je wollüstiger sich uns jeder Moment darbot, um so unmerklicher die Stunde. Wenn sich aus dieser Epoche meines Lebens keine deutliche Erinnerung loslöst, so kommt es nicht, weil ich ihr eine weniger lebhafte Dankbarkeit bewahre – sondern vielmehr, weil sich alles zu einem gleichförmigen Wohlsein mischte und verschmolz, einem Wohlsein, in dem sich der Abend dem Morgen ohne Ruck verband, in dem sich die Tage ohne Überraschungen an die Tage knüpften.

Ich nahm langsam, mit ruhigem, hurtigem, seiner Kraft gewissem Geist, meine Arbeit wieder auf, blickte mit Vertrauen und ohne Fieber in die

Zukunft; mein Wille war wie besänftigt und lauschte gleichsam auf den Rat dieser gemäßigten Erde.

Kein Zweifel, dachte ich, daß das Beispiel dieser Erde, wo alles sich zur Frucht, zur nützlichen Ernte rüstet, auf mich den vortrefflichsten Einfluß haben muß. Ich bewunderte die ruhige Zukunft, die diese starken Ochsen, diese vollen Kühe auf diesen fetten Weiden versprachen. Die Apfelbäume in Reihen auf den günstigen Hängen der Hügel verkündeten diesen Sommer prachtvolle Ernten; ich träumte, unter welcher reichen Fruchtlast sich bald ihre Zweige beugen würden. Aus dieser geordneten Fülle, dieser freudigen Dienstbarkeit, diesen lächelnden Kulturen erstand eine Harmonie, die nicht mehr zufällig war, sondern diktiert, ein Rhythmus, eine zugleich menschliche und natürliche Schönheit, bei der man nicht mehr wußte, was man bewunderte, so sehr waren der fruchtbare Ausbruch der freien Natur und die kunstvolle Bemühung des Menschen, sie zu regeln, zu einem ganz vollkommenen Ausgleich verschmolzen. Was wäre diese Bemühung, dachte ich, ohne die mächtige Wildheit, die sie beherrscht? Was wäre der wilde Ansturm dieser überströmenden Säfte ohne die intelligente Bemühung, die sie eindämmt und lachend zur Üppigkeit führt? – Und ich gab mich Träumen hin, von Erden, wo alle Kräfte so gut geregelt wären, alle Ausgaben so ausgeglichen, aller Tausch so streng, daß der geringste Verlust fühlbar würde; und dann wandte ich meinen Traum aufs Leben an und baute mir eine Ethik auf, die zu einer Wissenschaft von der vollkommenen Nutzbarmachung des Ichs durch eine intelligente Beschränkung wurde.

Wo versank, wo verbarg sich da mein Ungestüm von gestern? Es schien, so ruhig war ich, es sei nie gewesen. Die Flut meiner Liebe hatte es ganz bedeckt…

Unterdes entfaltete der alte Bocage rings um uns Eifer; er leitete, überwachte, riet; man fühlte bis zum Überdruß sein Bedürfnis, unentbehrlich zu erscheinen. Um ihn nicht zu verletzen, mußte man seine Rechnungen prüfen, seine endlosen Auseinandersetzungen ausführlich anhören. Selbst das genügte ihm nicht; ich mußte ihn auf die Felder begleiten. Seine sententiöse Biederkeit, seine ewigen Reden, die offenbare Zufriedenheit mit sich selber, der Prunk, den er mit seiner Ehrlichkeit trieb, brachten mich nach kurzer Zeit zur Verzweiflung; er wurde immer dringlicher, und alle Mittel wären mir recht erschienen, um mein Wohlbehagen zurückzuerobern – als ein unerwartetes Ereignis meinen Beziehungen zu ihm einen andern Charakter geben sollte: Bocage teilte mir an einem bestimmten Abend mit, er erwarte für den folgenden Tag seinen Sohn Karl.

Ich sagte fast gleichgültig: „Ah!“ da ich mich bislang nicht viel um die Kinder gekümmert hatte, die Bocage etwa haben mochte; dann sah ich, daß meine Gleichgültigkeit ihn verletzte, daß er ein Zeichen des Interesses und der Überraschung von mir erwartete, und ich fragte:

„Wo war er denn bisher?“

„Auf einem Musterhof bei Alençon,“ antwortete Bocage.

„Er muß jetzt wohl so ziemlich ...“ fuhr ich fort und berechnete das Alter dieses Sohnes, von dessen Existenz ich bis dahin noch nichts gewußt hatte; ich sprach langsam genug, um ihm Zeit zu lassen, daß er mich unterbrach ...

„Siebzehn Jahre,“ erwiderte Bocage. „Er war nicht viel über vier Jahre, als Ihre Frau Mutter starb. Ah! jetzt ist er ein großer Bursche; bald weiß er mehr als sein Vater ...“ Und wenn Bocage einmal im Gange war, konnte ihn nichts mehr aufhalten, so sichtlich ich auch meine Müdigkeit zeigte.

Am folgenden Tage dachte ich nicht mehr daran, als Karl gegen Schluß des Tages, frisch angelangt, kam, um Marzeline und mir seine Aufwartung zu machen. Er war ein schöner Bursch, so reich an Gesundheit, so elastisch, so gut gebaut, daß es den furchtbaren Stadtkleidern, die er uns zu Ehren angelegt hatte, nicht gelang, ihn allzu lächerlich zu machen, kaum daß seine Schüchternheit die schöne natürliche Röte noch steigerte. Er schien erst fünfzehn Jahre alt zu sein, so kindlich war die Färbung seines Blickes geblieben; er drückte sich klar genug aus, ohne falsche Scham, und im Gegensatz zu seinem Vater redete er nicht, um nichts zu sagen. Ich weiß nicht mehr, welche Worte wir an diesem ersten Abend tauschten; damit beschäftigt, ihn anzusehen, fand ich ihm nichts zu sagen und ließ Marzeline mit ihm reden. Aber am folgenden Tage wartete ich zum erstenmal nicht, bis der alte Bocage mich abholte, um auf den Pachthof zu steigen, wo, wie ich wußte, Arbeiten begonnen hatten.

Es handelte sich darum, einen Pfuhl auszubessern. Dieser teichgroße Pfuhl entwich; man kannte den Ort des Abflusses und sollte ihn verzementieren. Dazu mußte man den Pfuhl zunächst entleeren, was man seit fünfzehn Jahren nicht mehr getan hatte. Es waren viele Karpfen und Schleie darin, ein paar sehr große, die den Boden nicht mehr verließen. Ich wünschte sehr, in den Wassern der Gräben davon zu akklimatisieren und den Arbeitern welche zu geben, so daß dieses Mal das Vergnügen eines Fischfangs zu der Arbeit trat, wie es auch die ungewöhnliche Belebung des Hofes andeutete: aus der Umgegend waren einige Kinder gekommen und hatten sich unter die Arbeiter gemischt. Selbst Marzeline sollte ein wenig später zu uns stoßen.

Das Wasser sank bereits seit langem, als ich kam. Bisweilen furchte plötzlich ein großes Schwirren seine Oberfläche, und die braunen Rücken der unruhigen Fische schienen durch. In den Lachen am Rande fingen die patschenden Kinder einen glänzenden Fisch, den sie in die Eimer voll klaren Wassers warfen. Das Wasser des Pfuhls, das die Aufregung der Fische vollends trübte, war erdfarben und wurde von Moment zu Moment undurchsichtiger. Die Fische waren über alle Hoffnung reichlich; vier Knechte holten sie heraus, indem sie die Hand aufs Geratewohl eintauchten. Ich bedauerte, daß Marzeline auf sich warten ließ, und ich entschloß mich, hinzulaufen und sie zu holen, als ein paar Rufe die ersten Aale meldeten. Es gelang nicht, sie zu fangen; sie glitten zwischen den Fingern fort. Karl, der bis dahin bei seinem Vater am Ufer gestanden hatte, hielt es nicht mehr aus; er zog sich plötzlich die Schuhe ab, die Socken, warf Jacke und Weste zu Boden, zog sich die Hose und die Hemdärmel hoch hinauf und sprang entschlossen in den Schlamm. Gleich darauf ahmte ich ihm nach.

„Nun! Karl!“ rief ich, „haben Sie gut daran getan, gestern nach Hause zu kommen?“

Er antwortete nichts, aber er sah mich helllachend an, schon ganz mit seinem Fang beschäftigt. Ich rief ihn bald herbei, daß er mir half, einen dicken Aal einzuschließen; wir vereinigten unsere Hände, um ihn zu packen ... Dann, nach diesem, kam ein anderer; der Schlamm spritzte uns ins Gesicht; bisweilen sank man plötzlich ein, und das Wasser stieg uns bis an die Schenkel; wir waren bald ganz durchnäßt. Kaum daß wir im Eifer des Spiels ein paar Rufe tauschten, ein paar Phrasen; aber am Schluß des Tages merkte ich, daß ich Karl duzte, ohne recht zu wissen, wann ich begonnen hatte. Diese gemeinsame Tätigkeit hatte uns mehr übereinander gesagt, als eine lange Unterhaltung es hätte tun können. Marzeline war noch nicht gekommen und kam nicht, aber schon bedauerte ich ihre Abwesenheit nicht mehr; mir schien, sie hätte unsere Freude ein wenig gestört.

Gleich am Tage darauf ging ich aus, um Karl auf dem Pachthof aufzusuchen. Wir schlugen beide den Weg zum Holz ein.

Ich, der ich meine Felder nur schlecht kannte und mich wenig darum kümmerte, daß ich sie nicht kannte, sah mit Staunen, daß Karl sie sehr gut kannte, ebenso wie auch die Verteilung der Pachtgelder; er sagte mir, was ich kaum ahnte, ich habe sechs Pächter, ich hätte sechzehn- bis achtzehntausend Franken Pachtgeld haben können, und wenn ich nur eben die Hälfte davon habe, so komme das daher, weil fast alles in Reparaturen aller Art und in Bezahlung von Mittelsleuten daraufgehe. Ein bestimmtes Lächeln, das er zeigte, wenn er die Kulturen prüfte, machte mich bald zweifelhaft, ob die Ausbeutung meiner Güter so vortrefflich sei, wie ich es erst hatte glauben können und wie Bocage es mir zu verstehen gab; ich drängte Karl auf dieses Thema, und jene rein praktische Intelligenz, die mich an Bocage aufbrachte, verstand es bei diesem Kinde, mich zu amüsieren. Wir nahmen unsere Spaziergänge Tag für Tag wieder auf; der Besitz war ausgedehnt, und als wir alle Winkel tüchtig durchstöbert hatten, begannen wir mit mehr Methode von neuem. Karl verbarg mir den Ärger nicht, den der Anblick gewisser schlecht bestellter Felder, von Ginster, Disteln, Unkraut bedeckter Flächen in ihm weckte; er wußte in mir Teilnahme an diesem Hasse gegen die Brache und Träume von besser geordneten Kulturen zu erregen.

„Aber," sagte ich erst zu ihm, „wer leidet unter dieser mittelmäßigen Bestellung? Allein der Pächter, nicht wahr? Wenn auch der Ertrag seines Hofes sich ändert, so ändert das nichts am Preise der Pacht."

Und Karl regte sich ein wenig auf: – „Sie verstehen nichts davon," erlaubte er sich zu antworten – und ich lächelte alsbald. – „Sie beachten nur das Einkommen und wollen nicht sehen, daß das Kapital sich verschlechtert. Wenn Ihre Länder unvollkommen bearbeitet werden, verlieren sie langsam ihren Wert."

„Wenn sie, besser bearbeitet, mehr einbringen könnten, so zweifle ich, daß der Pächter sich nicht daranhalten sollte; ich kenne ihn als zu interessiert, um nicht so viel zu ernten, wie er kann."

„Sie rechnen", fuhr Karl fort, „ohne die Vermehrung der Arbeit. Diese Felder sind mitunter weit vom Hofe entfernt. Wenn sie bestellt würden, brächten sie nichts oder fast nichts ein, aber wenigstens gingen sie nicht zu Grunde ..."

Und die Unterhaltung ging fort. Bisweilen schienen wir eine Stunde lang, während wir die Felder durchmaßen, dieselben Dinge durchzuhecheln; aber ich hörte zu und unterrichtete mich ganz allmählich.

„Schließlich geht all das deinen Vater an," sagte ich eines Tages ungeduldig. Karl errötete ein wenig.

„Mein Vater ist alt," sagte er; „er hat schon viel zu tun, um über der Erfüllung der Pachten, der Unterhaltung der Gebäude, dem guten Eingang der Pachtgelder zu wachen. Seine Mission hier ist nicht zu reformieren."

„Welche Reformen würdest denn du vorschlagen?" fuhr ich fort. Aber da zog er sich zurück, gab vor, er verstehe sich nicht darauf; nur durch beharrliches Drängen zwang ich ihn, sich zu erklären:

„Den Pächtern alle Felder nehmen, die sie unbebaut lassen,“ riet er schließlich. „Wenn die Pächter einen Teil ihrer Felder brach lassen, so ist das ein Beweis, daß sie mehr haben, als sie bezahlen; oder, wenn sie alles behalten wollen, den Preis ihrer Pacht erhöhen. – Sie sind alle faul in dieser Gegend,“ fügte er hinzu.

Von den sechs Pachthöfen, die, wie ich fand, mir gehörten, lag der, wohin ich mich am liebsten begab, auf dem Hügel, der die Morinière beherrschte; man nannte ihn La Valterie. Der Pächter, der ihn innehatte, war nicht unangenehm; ich plauderte gern mit ihm. Näher bei der Morinière lag ein Pachthof, den man den „Schloßhof“ nannte, zur Hälfte vermietet durch ein System der Pachtmeierei, das Bocage in Ermangelung des abwesenden Gutsherrn zum Besitzer eines Teiles des Viehs gemacht hatte. Jetzt, wo das Mißtrauen einmal geboren war, begann ich, den ehrlichen Bocage selber in Verdacht zu haben, wenn nicht, daß er mich betrog, so doch, daß er mich von mehreren betrügen ließ. Freilich behielt man mir einen Pferde- und einen Kuhstall vor, aber bald schien mir, sie seien nur erfunden, um dem Pächter zu erlauben, daß er seine Kühe und seine Pferde mit meinem Heu und Hafer fütterte. Ich hatte bis dahin die unwahrscheinlichsten Berichte wohlwollend angehört, die mir Bocage von Zeit zu Zeit darüber gab: Sterblichkeit, Mißbildungen und Krankheiten, ich hatte alles hingenommen. Daß es genügte, wenn eine der Kühe des Pächters krank wurde, damit sie zu einer von meinen Kühen wurde, daß das möglich sei, daran hatte ich noch nicht gedacht; noch auch, daß es genügte, wenn eine von meinen Kühen gut gab, damit sie zur Kuh des Pächters wurde; doch ein paar unvorsichtige Bemerkungen Karls, ein paar persönliche Beobachtungen begannen mich aufzuklären; dann, als mein Geist einmal gewarnt war, schritt er schnell.

Marzeline, die ich warnte, kontrollierte peinlichst alle Rechnungen, konnte aber keinen Irrtum darin rügen; dahinein floh Bocages Rechtschaffenheit. – Was tun? – Geschehen lassen. – Aber wenigstens überwachte ich jetzt, dunkel gereizt, das Vieh, doch ohne es zu sehr sehen zu lassen.

Ich hatte vier Pferde und zehn Kühe; das war genug, um mich weidlich zu quälen. Unter meinen vier Pferden war eins, das man immer noch „das Füllen" nannte, obgleich es bereits über drei Jahre alt war; man befaßte sich jetzt damit, es anzulernen; ich begann, mich dafür zu interessieren, als man eines schönen Tages kam und mir erklärte, es sei vollkommen unlenksam, man werde nie etwas daraus machen können, und das beste sei, mich seiner zu entledigen. Wie als hätte ich daran zweifeln wollen, hatte man es getrieben, daß es den Vorderteil eines kleinen Karrens zerschlug und sich dabei die Kniefesseln blutig stieß.

Es kostete mich an diesem Tage Mühe, meine Ruhe zu bewahren, und nur Bocages Verlegenheit hielt mich zurück. Schließlich war es bei ihm mehr Schwäche als Böswilligkeit, dachte ich; die Schuld liegt bei den Knechten; aber sie fühlen sich nicht geleitet.

Ich ging auf den Hof hinaus, mir das Füllen anzusehen. Sowie er mich kommen hörte, streichelte ein Diener es, der es geschlagen hatte; ich tat, als habe ich nichts gesehen. Ich verstand nicht viel von Pferden, aber dies Füllen schien mir schön; es war ein heller Halbblut-Brauner von merkwürdig schlanken Formen; er hatte ein sehr lebhaftes Auge und eine fast blonde Mähne und ebensolchen Schweif. Ich überzeugte mich, daß er nicht verletzt war, verlangte, daß man ihm die Abschürfungen verband, und ging davon, ohne ein Wort hinzuzufügen.

Abends, als ich Karl wiedersah, versuchte ich zu erfahren, was er von dem Füllen hielt.

„Ich halte es für sehr sanft," sagte er; „aber sie verstehen es nicht anzufassen; sie werden es Ihnen störrisch machen."

„Wie würdest denn du es anfangen?"

„Wollen der Herr es mir auf acht Tage anvertrauen? Ich garantiere dafür."

„Und was willst du mit ihm machen?"

„Sie werden sehen ..."

Am Tage darauf brachte Karl das Füllen auf einen Wiesenwinkel, den ein prachtvoller Nußbaum beschattete und den der Fluß umzog; ich ging in Marzelinens Begleitung hin. Es ist eine meiner lebhaftesten Erinnerungen. Karl hatte das Füllen mit einer Leine von mehreren Metern an einen fest in den Boden gerammten Pfahl gebunden. Das zu feurige Füllen hatte sich offenbar einige Zeit wütend gewehrt; jetzt lief es, klug geworden, ermüdet, ruhiger im Kreise; sein Trab war von überraschender Elastizität, hübsch anzuschauen und verlockend wie ein Tanz. Karl stand im Mittelpunkte des Kreises, mied die Leine bei jeder Drehung mit einem plötzlichen Sprung und reizte es an oder beruhigte es mit der Stimme; in der Hand hielt er eine große Peitsche, aber ich sah nicht, daß er sich ihrer bediente. Alles gab in seiner Miene und in seinen Gesten durch seine Jugend und durch seine Freude dieser Arbeit den schönen, feurigen Ausdruck des Vergnügens. Plötzlich, und ich weiß nicht wie, saß er auf dem Tier; es hatte den Gang verlangsamt und war dann stehen geblieben; er hatte es ein wenig gestreichelt, und dann sah ich ihn plötzlich zu Pferde, seiner sicher, sich kaum an der Mähne haltend, lachend, nach vorn geneigt und sein Streicheln fortsetzend. Kaum, daß das Füllen einen Moment ausgeschlagen hatte; jetzt nahm es seinen gleichmäßigen Trab wieder auf, so schön, so elastisch, daß ich Karl beneidete und es ihm sagte.

„Noch ein paar Tage Dressur, und der Sattel wird ihn nicht mehr kitzeln; in zwei Wochen kann die gnädige Frau selber wagen, ihn zu besteigen: er wird sanft wie ein Lamm.“

Er hatte recht; ein paar Tage darauf ließ das Pferd sich ohne Mißtrauen streicheln, aufschirren, führen; und selbst Marzeline hätte es geritten, wenn ihr Zustand ihr diese Übung gestattet hätte.

„Der Herr sollte ihn versuchen,“ sagte Karl zu mir.

Das hätte ich nie allein getan; aber Karl schlug vor, für sich ein anderes Pferd des Hofes zu satteln; das Vergnügen, ihn zu begleiten, riß mich fort.

Wie dankbar war ich meiner Mutter, daß sie mich während meiner ersten Jugend in die Reitbahn gebracht hatte! Die ferne Erinnerung jener ersten Lektionen half mir. Ich fühlte mich nicht zu erstaunt, zu Pferde zu sitzen; nach ein paar Minuten war ich ohne jede Angst und unbefangen. Das Pferd, das Karl ritt, war schwerer, ohne Rasse, aber nicht unangenehm anzusehen; vor allem ritt Karl es gut. Wir gewöhnten uns an, jeden Tag ein wenig auszureiten; am liebsten ritten wir am frühen Morgen in das taublanke Gras; wir ritten an den Rand der Wälder: tropfende Haselsträucher, die wir im Ritte streiften, benetzten uns; der Horizont öffnete sich plötzlich; es war das weite Tal von Auge; fern ahnte man das Meer. Wir hielten einen Augenblick an, ohne abzusteigen; die aufgehende Sonne färbte, teilte, zerstreute die Nebel; dann ritten wir in scharfem Trab zurück; wir hielten uns auf dem Pachthof auf; die Arbeit fing erst gerade an; wir kosteten jene stolze Freude, den Arbeitern voraus zu sein und sie zu beherrschen; dann verließen wir sie plötzlich; ich kehrte auf die Morinière zurück, wenn Marzeline aufstand.

Ich kam nach Hause, trunken von Luft, betäubt von der Geschwindigkeit, die Glieder ein wenig starr von wollüstiger Schlaffheit, den Geist voll von Gesundheit, Appetit und Frische. Marzeline billigte, ermutigte meine Liebhaberei. Wenn ich, noch in Gamaschen, eintrat, trug ich an das Bett, wo sie auf mich wartete, einen Duft nasser Blätter, der ihr gefiel, sagte sie mir. Und sie hörte mir zu, wenn ich von unserm Ritt erzählte, vom Erwachen der Felder, vom Wiederbeginn der Arbeit ... Sie, schien es, fand ebensoviel Freude daran, mich! leben zu fühlen wie zu leben. – Bald mißbrauchte ich auch diese Freude; unsere Ritte dehnten sich aus, und bisweilen kam ich dann erst, gegen Mittag zurück.

Unterdessen reservierte ich, so gut ich konnte, den Schluß des Tages und den Abend für die Vorbereitung auf meine Vorlesungen. Meine Arbeit rückte vorwärts; ich war mit ihr zufrieden und hielt es nicht für unmöglich, daß es später die Mühe lohnen würde, meine Vorlesungen in einen Band zu vereinigen. Durch eine Art natürlicher Reaktion verliebte ich mich, während mein Leben sich ordnete, sich regelte, und während ich mir darin gefiel, alle Dinge um mich zu regeln und zu ordnen, immer mehr in die altertümliche Ethik der Goten, und während ich mich im Verlauf meines Kollegs mit einer Kühnheit, die man mir in der Folge genügend vorwarf, bemühte, die Unkultur zu erheben und ihre Apologie aufzustellen, zerbrach ich mir mühsam den Kopf damit, alles, was um mich oder in mir an sie erinnern konnte, zu beherrschen, wenn nicht zu unterdrücken. Diese Weisheit oder aber diese Torheit trieb ich – bis wohinein nicht?

Zwei meiner Pächter, deren Pacht zu Weihnachten ablief, und die sie zu erneuern wünschten, suchten mich auf; es handelte sich darum, dem Gebrauch entsprechend ein Blatt zu unterschreiben, das man das „Pachtversprechen“ nennt. Gestützt auf Karls Versicherungen, aufgeregt durch seine täglichen Gespräche, erwartete ich die Pächter entschlossen. Sie – gestützt darauf, daß ein Pächter schwer zu ersetzen ist, verlangten zunächst eine Pachtverminderung. Um so größer war ihre Verblüffung, als ich ihnen die „Pachtversprechen“ vorlas, die ich selber aufgesetzt hatte, und worin ich mich nicht nur weigerte, den Preis der Pacht zu ermäßigen, sondern ihnen noch gewisse Landstrecken entzog, von denen sie, behauptete ich, keinen Gebrauch machten. Sie taten erst, als nähmen sie es lachend auf: Ich scherzte. Was wollte ich mit diesen Feldern anfangen? Sie waren nichts wert; und wenn sie nichts daraus machten, so geschah es, weil sich nichts daraus machen ließ ... Dann, als sie meinen Ernst sahen, versteiften sie sich; ich versteifte mich gleichfalls. Sie glaubten mich einschüchtern zu können, indem sie mit dem Abzug drohten. Ich hatte nur auf dieses Wort gewartet und sagte zu ihnen:

„Gut! so gehen Sie, wenn Sie wollen! Ich halte Sie nicht.“ Ich nahm die Pachtversprechen und zerriß sie vor ihren Augen.

So hatte ich also mehr als hundert Hektar auf den Armen. Schon seit einiger Zeit hatte ich den Plan, Bocage die Oberleitung anzuvertrauen, da ich dachte, ich gäbe sie mittelbar Karl; ich gedachte mich auch selber viel damit zu befassen; übrigens überlegte ich kaum: gerade das Risiko des Unternehmens reizte mich. Die Pächter zogen erst Weihnachten ab; bis dahin konnten wir uns schon zu helfen wissen. Ich sagte es Karl; seine Freude mißfiel mir gleich; er konnte sie nicht verbergen; sie gab mir seine viel zu große Jugend noch mehr zu fühlen. Die Zeit drängte schon; wir standen in jener Jahreszeit, wo die ersten Ernten die Felder für das erste Pflügen freigeben. Nach bestehendem Brauch gehen die Arbeiten des abziehenden Pächters und des neuen nebeneinander her; jener gibt sein Gut Stück für Stück ab, sobald die Ernte eingebracht ist. Ich fürchtete wie eine Art Rache die Feindseligkeit der beiden verabschiedeten Pächter; es beliebte ihnen im Gegenteil, gegen mich eine vollendete Gefälligkeit zu heucheln (den Vorteil, den sie dabei fanden, erfuhr ich erst später). Ich benutzte das, um morgens und abends auf ihren Feldern umherzulaufen, die also bald an mich zurückfallen sollten. Der Herbst begann; man mußte mehr Leute dingen, um das Pflügen und die Saat zu beeilen; wir hatten Eggen, Walzen, Pflüge gekauft; ich ritt umher, überwachte, leitete die Arbeiten und fand ein Vergnügen daran, selber zu befehlen, zu herrschen.

Unterdessen ernteten die Pächter auf den benachbarten Wiesen die Äpfel; sie fielen und rollten im dichten Grase, reichlich wie in keinem anderen Jahr; die Arbeiter konnten dem nicht genügen; es kamen ihrer aus den benachbarten Dörfern; man dingte sie auf acht Tage; Karl und ich amüsierten uns bisweilen damit, ihnen zu helfen. Die einen schlugen die Zweige, um die verspäteten Früchte zum Fall zu bringen; die Früchte, die, zu reif, oft angestoßen, im hohen Gras zerquetscht, von selbst gefallen waren, erntete man getrennt; man konnte nicht gehen, ohne auf sie zu treten. Der Duft, der von der Wiese aufstieg, war scharf und süßlich und mischte sich unter den des Saatackers.

Der Herbst rückte vor. Die Morgen der letzten schönen Tage sind die frischesten, die klarsten. Bisweilen machte die feuchte Atmosphäre die Fernen blau, rückte sie noch weiter fort, machte aus einem Spazierritt eine Reise; das Land schien größer geworden; bisweilen dagegen rückte die anormale Durchsichtigkeit der Luft die Horizonte ganz nah herbei; man hätte sie mit einem Flügelschlag erreichen müssen und ich weiß nicht, welches von beidem mehr mit Sehnsucht füllte. Meine Arbeit war fast vollendet; wenigstens sagte ich es, um mir mehr Mut zu machen, mich von ihr abzulenken. Die Zeit, die ich nicht auf dem Pachthof verbrachte, verbrachte ich um Marzeline. Zusammen gingen wir in den Garten hinaus; wir gingen langsam, sie matt und schwer auf meinen Arm gestützt; wir setzten uns auf eine Bank, von der aus man das Tal beherrschte, das der Abend mit Licht ausfüllte. Sie hatte eine zärtliche Art, sich auf meine Schulter zu lehnen; und so blieben wir bis zum Abend sitzen und fühlten den Tag in uns ohne Gesten, ohne Worte versinken ... Mit wieviel Schweigen wußte sich unsere Liebe schon zu umhüllen! Das kam, weil Marzelinens Liebe schon stärker war als die Worte, mit denen sie sie ausdrücken konnte, und weil ich bisweilen von dieser Liebe fast gepeinigt war. Wie manchmal ein Hauch ein sehr ruhiges Wasser furcht, so ließ sich auf ihrer Stirn die leichteste Bewegung lesen; in sich hörte sie geheimnisvoll ein neues Leben zittern; ich neigte mich wie über ein tiefes, klares Wasser über sie, wo man, so weit man sah, nichts sah als Liebe. Ah! wenn es noch das Glück war, so weiß ich, daß ich es von nun an habe halten wollen, wie man in den zusammengewölbten Händen vergebens ein verrinnendes Wasser halten will; aber schon fühlte ich neben dem Glück etwas anderes als das Glück, was wohl meine Liebe färbte, doch wie der Herbst färbt.

Der Herbst rückte vor. Das Gras war mit jedem Morgen nasser und trocknete nicht mehr im Schattenrand des Waldes; in der Morgenröte war es weiß. Die Enten auf dem Wasser der Gräben schlugen mit dem Flügel; sie regten sich wild; man sah sie sich bisweilen erheben, mit lautem Geschrei in taumelndem Flug ganz um die Morinière her fliegen. Eines Morgens sahen wir sie nicht mehr; Bocage hatte sie eingeschlossen. Karl sagte mir, so schließt man sie jeden Herbst zur Zeit der Wanderung ein. Und wenige Tage darauf schlug das Wetter um. Es gab eines Abends ganz plötzlich einen großen Hauch, einen starken, ungeteilten Meeresatem, der den Nord und den Regen brachte und die Wandervögel mitnahm. Schon hätten uns Marzelinens Zustand, die Besorgungen einer neuen Einrichtung, die ersten Pflichten meines Kollegs in die Stadt zurückgerufen. Die schlimme Jahreszeit, die früh begann, verjagte uns.

Die Arbeiten des Pachthofes sollten mich freilich im November zurückbringen. Ich war sehr ärgerlich gewesen, als ich Bocages Anordnungen für den Winter erfuhr; er erklärte mir seinen Wunsch, Karl wieder auf die Musterwirtschaft zu schicken, wo er, wie er behauptete, noch erklecklich zu lernen habe; ich redete lange, wandte alle Argumente auf, die ich fand, konnte ihn aber nicht zum Nachgeben bringen; höchstens ging er darauf ein, diese Studien ein wenig zu kürzen, damit Karl etwas früher wiederkommen könne. Bocage verhehlte mir nicht, daß die Ausbeutung der beiden Pachthöfe nicht ohne große Mühe von statten gehen würde; aber teilte er mir mit, er hatte zwei sehr zuverlässige Bauern im Auge, die er unter seine Leitung zu nehmen gedachte; das würden fast Pächter sein, fast Meier, fast Diener; die Sache war für die Gegend zu neu, als daß er sich hätte Gutes davon versprechen können; aber, sagte er, ich hätte es ja gewollt. – Diese Unterhaltung fand gegen Ende Oktober statt. In den ersten Tagen des November ließen wir uns in Paris nieder.

II

Wir richteten uns in der Rue S*** ein, nahe bei Passy. Die Wohnung, die uns einer von Marzelinens Brüdern angegeben hatte und die wir hatten bei unserem letzten Aufenthalt in Paris besuchen können, war viel größer als die, die mir mein Vater hinterlassen hatte, und Marzeline konnte sich ein wenig Unruhe machen, nicht nur über die höhere Miete, sondern auch über all die Ausgaben, zu denen wir uns verleiten lassen mußten. Allen ihren Befürchtungen setzte ich ein gespieltes Grauen vor dem Provisorischen entgegen; ich zwang mich sogar selber daran zu glauben und übertrieb es absichtlich. Sicherlich würden die verschiedenen Einrichtungsausgaben dieses Jahr unser Einkommen überschreiten, aber unser schon schönes Vermögen mußte sich noch Verbessern; dabei rechnete ich auf mein Kolleg, auf die Veröffentlichung meines Buches und sogar – welche Torheit! – auf den neuen Ertrag meiner Pachthöfe. Ich machte also vor keiner Ausgabe Halt und sagte mir bei jeder, ich binde mich um so mehr, und gedachte zugleich jede schweifende Laune zu unterdrücken, die ich in mir fühlen oder in mir zu fühlen fürchten konnte.

In den ersten Tagen verging unsere Zeit vom Morgen bis zum Abend mit Ausgängen; und obgleich Marzelinens Bruder sich später sehr liebenswürdig erbot, uns mehrere zu ersparen, so fühlte Marzeline sich doch bald sehr abgespannt. Dann mußte sie, statt der Ruhe, die ihr so nötig gewesen wäre, sobald wir eingerichtet waren, Besuche über Besuche empfangen; die Entfernung, in der wir bis dahin gelebt hatten, trieb sie jetzt in Strömen herbei, und Marzeline, der Welt entwöhnt, verstand sie weder abzukürzen, noch wagte sie ihre Tür zu verschließen; ich fand sie abends erschöpft vor; – und wenn ich mich über eine Ermattung, deren natürliche Ursache ich wußte, nicht beunruhigte, so gab ich mir wenigstens Mühe, sie zu vermindern, indem ich oft an ihrer Stelle empfing, was mir kaum Spaß machte, und bisweilen die Besuche erwiderte, was mir noch weniger Spaß machte.

Ich bin nie ein glänzender Plauderer gewesen; die Frivolität der Salons, ihr Esprit ist etwas, worin ich mir nicht gefallen konnte; ich hatte wohl ehedem in einigen verkehrt – aber wie fern doch diese Zeit lag! Was war seitdem geschehen? Ich fühlte mich in Gesellschaft der anderen trüb, traurig, verdrießlich, zugleich lästig und belästigt ... Durch ein sonderbares Mißgeschick wäret ihr, die ich bereits als meine einzigen wahren Freunde ansah, nicht in Paris und solltet lange Zeit nicht dahin zurückkehren. Hätte ich mit euch besser sprechen können? Hättet ihr mich vielleicht besser verstanden, als ich mich selber verstand? Aber was wußte ich von allem, was in mir wuchs und was ich euch heute sage? Die Zukunft erschien mir ganz sicher, und nie hatte ich mich ihrer mehr Herr geglaubt.

Und selbst, wenn ich scharfsichtiger gewesen wäre, welchen Rückhalt gegen mich selber konnte ich an Hubert, Desiderius, Moritz und so vielen anderen finden, die ihr kennt und wie ich beurteilt? Ich erkannte, ah! gar bald die Unmöglichkeit, mich ihnen verständlich zu machen. Schon in den ersten Unterhaltungen, die wir führten, sah ich mich gleichsam durch sie gezwungen, eine falsche Persönlichkeit zu spielen, dem zu gleichen, der ich, wie sie glaubten, gewesen war, wenn es nicht scheinen sollte, als spiele ich; und um es bequemer zu haben, tat ich also, als habe ich die Gedanken und Neigungen, die man mir lieh. Man kann nicht zugleich aufrichtig sein und es scheinen.

Ein wenig lieber sah ich die Leute meines Standes wieder, Archäologen und Philologen, aber mit ihnen zu plaudern machte mir kaum mehr

Vergnügen, gab mir nicht mehr Anregung, als wenn ich in guten historischen Handbüchern blätterte. Ganz im Anfang konnte ich hoffen, bei ein paar Romanciers und Dichtern ein etwas direkteres Erfassen des Lebens zu finden; aber wenn sie dieses Erfassen hatten, so, muß man gestehen, zeigten sie es kaum; mir schien, die meisten lebten nicht, begnügten sich mit dem Schein des Lebens und hätten das Leben um ein geringes als ein ärgerliches Hindernis des Schreibens angesehen. Und ich konnte sie nicht darum tadeln; und ich behaupte nicht, daß der Irrtum nicht aus mir kam ... Was übrigens verstand ich unter: leben? – Gerade das hätte ich gewollt, daß man es mir sagte. – Die einen und die anderen plauderten gewandt von den verschiedenen Ereignissen des Lebens, doch nie von dem, was sie herbeiführt.

Was die wenigen Philosophen angeht, deren Rolle es gewesen wäre, mich zu belehren, so wußte ich seit langem, was man von ihnen zu erwarten hatte; Mathematiker oder Neokritizisten, hielten sie sich von der beunruhigenden Wirklichkeit so fern wie möglich und befaßten sich nicht mehr mit ihr als der Algebraiker sich um die Existenz der Größen kümmert, die er mißt.

Wieder bei Marzeline, verbarg ich ihr die Langeweile nicht, die dieser Verkehr mir einflößte.

„Sie gleichen sich alle," sagte ich zu ihr. „Jeder ist eine unnütze Wiederholung. Wenn ich mit einem von ihnen rede, scheint es mir, ich rede mit mehreren."

„Aber, mein Freund," antwortete Marzeline, „du kannst nicht von jedem verlangen, daß er anders ist als alle anderen."

„Je mehr sie sich unter sich gleichen, um so anders sind sie als ich."

Und dann begann ich trauriger von neuem:

„Keiner hat krank zu sein verstanden. Sie leben, sehen aus, als lebten sie und wüßten nicht, daß sie leben. Übrigens lebe auch ich, seit ich in ihrer Nähe bin, nicht mehr. Was habe ich heute zum Beispiel getan? Ich habe dich um neun Uhr verlassen müssen; kaum habe ich, ehe ich fortging, Zeit gehabt, ein Wenig zu lesen; das ist der einzige gute Moment des Tages. Dein Bruder erwartete mich beim Notar, und nach dem Notar hat er mich nicht mehr losgelassen; ich habe mit ihm zum Tapezierer müssen; er hat mich beim Tischler gestört, und ich habe ihn erst bei Gaston gelassen; ich habe mit Philipp im Quartier gefrühstückt, dann habe ich Ludwig wieder aufgesucht, der mich im Café erwartete; mit ihm Theodors absurdes Kolleg gehört, dem ich beim Fortgehen Komplimente gemacht habe; um seine Einladung auf Sonntag ablehnen zu können, habe ich ihn zu Arthur begleiten müssen; mit Arthur eine Aquarellausstellung besucht; bei Albertine und bei Julie Karten abwerfen gewesen ... Erschöpft gehe ich nach Hause und finde dich ebenso erschöpft, wie ich bin, da du Adeline, Martha, Johanna, Sophie gesehen hast; und wenn ich am Abend, jetzt, all diese Beschäftigungen des Tages durchgehe, empfinde ich meinen Tag als so eitel und er scheint mir so leer, daß ich ihn im Fluge wiederfangen möchte, ihn Stunde um Stunde neu beginnen, und daß ich zum Weinen traurig bin."

Und doch hätte ich nicht sagen können, weder was ich unter *leben* verstand, noch ob nicht der Geschmack, den ich an einem geräumigeren und luftigeren Leben fand, einem weniger gezwungenen und um die anderen weniger bekümmerten Leben, das ganze, sehr einfache Geheimnis meiner Qual war; dies Geheimnis erschien mir viel geheimnisvoller: das Geheimnis eines Auferstandenen, dachte ich, denn ich blieb unter den anderen ein Fremder, wie jemand, der von den Toten zurückkommt. Und anfangs empfand ich nur eine ziemlich schmerzliche Verwirrung, aber bald brach sich eine sehr neue Empfindung Bahn. Ich versichere euch, ich hatte zurzeit der Veröffentlichung der Arbeiten, die mir so viel Lob eintrugen, keinerlei Stolz empfunden. War es jetzt Stolz? Vielleicht; aber wenigstens mischte sich keine Schattierung von Eitelkeit hinein. Es war zum erstenmal das Bewußtsein von meinem Eigenwert: was mich von den anderen trennte, unterschied, darauf kam es an; was niemand anders als ich sagte und sagen konnte, gerade das hatte ich zu sagen.

Mein Kolleg begann bald darauf; da der Gegenstand mich trieb, schwellte ich meine erste Vorlesung mit meiner ganzen neuen Leidenschaft. Bei Gelegenheit des Endes der römischen Zivilisation schilderte ich die künstlerische Kultur, die an die Oberfläche des Volkes stieg, nach Art eine Sekretion, die erst Reichtum, Überfülle an Gesundheit andeutet, dann gerinnt, hart wird, sich jeder vollkommenen Berührung des Geistes mit der Natur widersetzt, unter dem beharrlichen Schein des Lebens die Verminderung des Lebens verbirgt und eine Hülle bildet, in der der eingeengte Geist erschlafft und bald verkümmert und schließlich stirbt. Und dann führte ich meinen Gedanken bis ins letzte durch und sagte, die Kultur, die aus dem Leben geboren sei, töte das Leben.

Die Historiker tadelten eine Neigung, wie sie sagten, zu allzu raschen Verallgemeinerungen. Andere tadelten meine Methode; und die mir Komplimente machten, das waren die, die mich am wenigstens verstanden hatten.

Als ich nach meinem Kolleg den Saal verließ, sah ich zum erstenmal Menalkas wieder. Ich hatte nie viel mit ihm verkehrt, und kurz vor meiner Heirat war er wieder auf eine seiner fernen Forschungsreisen ausgezogen, die ihn uns bisweilen mehr als ein Jahr lang raubten. Früher gefiel er mir kaum, er schien stolz und interessierte sich nicht für mein Leben. Ich war also erstaunt, ihn in meiner ersten Vorlesung zu sehen. Selbst sein Übermut, der mich anfangs von ihm ferngehalten hatte, gefiel mir, und das Lächeln, das er mir zuwarf, schien mir um so reizender, als ich wußte, wie selten es war. Kürzlich hatte ein absurder, ein schmählicher Skandalprozeß den Zeitungen eine bequeme Gelegenheit gegeben, ihn mit Schmutz zu bewerfen; diejenigen, die seine Geringschätzung und seine Überlegenheit verletzte, ergriffen diesen Vorwand für ihre Rache; und was sie am meisten reizte, war, daß ihn das nicht zu kümmern schien.

„Man muß“, antwortete er auf die Beschimpfungen, „die anderen recht haben lassen, denn das tröstet sie darüber, daß sie sonst nichts haben.“

Aber „die gute Gesellschaft" entrüstete sich, und wer, wie man sagt, „sich achtet", glaubte, sich von ihm abwenden und ihm seine Verachtung so heimzahlen zu müssen. Das war für mich ein Grund mehr: durch einen geheimen Einfluß zu ihm hingezogen, trat ich auf ihn zu und umarmte ihn vor allen freundschaftlich.

Als man sah, mit wem ich plauderte, zogen sich die letzten Lästigen zurück; ich blieb mit Menalkas allein.

Nach den ärgerlichen Kritiken und den albernen Komplimenten erfrischten mich seine wenigen Worte über mein Kolleg.

„Sie verbrennen, was Sie angebetet haben," sagte er. „Das ist gut. Sie machen sich spät daran; aber die Flamme wird um so besser genährt. Ich weiß noch nicht, ob ich Sie recht verstehe; Sie machen mich neugierig. Ich plaudere nicht gern, möchte aber mit Ihnen plaudern. Essen Sie doch heute abend bei mir."

„Lieber Menalkas," antwortete ich ihm, „Sie scheinen zu vergessen, daß ich verheiratet bin."

„Ja, freilich," erwiderte er; „nach der herzlichen Offenheit, mit der Sie mich anzusprechen wagten, hatte ich Sie für freier halten können."

Ich fürchtete, ihn verletzt zu haben; mehr noch, schwach zu erscheinen, und ich sagte ihm, ich werde nach Tisch zu ihm kommen.

In Paris wohnte Menalkas, stets unterwegs, im Hotel; er hatte sich für diesen Aufenthalt mehrere Zimmer nach Art einer Wohnung herrichten lassen; er hatte seine Diener da, aß für sich, lebte für sich, hatte über die Wände, über die Möbel, deren banale Häßlichkeit ihn ärgerte, einige sehr wertvolle Stoffe gebreitet, die er aus Nepal mitgebracht hatte und, wie er sagte, erst vollends schmutzig gebrauchte, ehe er sie einem Museum schenkte. Meine Eile, zu ihm zu kommen, war so groß gewesen, daß ich ihn noch bei Tisch überraschte, als ich eintrat; und als ich mich entschuldigte, daß ich ihn störte, sagte er:

„Aber ich habe nicht die Absicht, sie zu unterbrechen, und ich denke doch, Sie werden sie mich beenden lassen. Wenn Sie zum Essen gekommen wären, hätte ich Ihnen Chiraz eingeschenkt, jenen Wein, den Hafiz besang, aber jetzt ist es zu spät; man muß nüchtern sein, um ihn zu trinken; werden Sie wenigstens Likör nehmen?“

Ich nahm an, da ich dachte, er werde auch davon trinken; und als ich sah, daß man nur ein Glas brachte, war ich erstaunt:

„Entschuldigen Sie mich,“ sagte er, „aber ich trinke fast nie.“

„Sollten Sie fürchten, betrunken zu werden?“

„O!“ antwortete er, „im Gegenteil! Aber ich halte die Nüchternheit für einen mächtigeren Rausch; ich bewahre meine Klarheit dabei.“

„Und Sie geben den anderen zu trinken ...“

Er lächelte.

„Ich kann nicht“, sagte er, „von jedem meine Tugenden fordern. Es ist schon schön, wenn ich in ihnen meine Laster wiederfinde ...“

„Wenigstens rauchen Sie?“

„Ebensowenig. Das ist ein impersoneller, negativer Rausch, der zu leicht zu erobern ist; ich suche im Rausch eine Erhöhung und nicht eine Verminderung des Lebens. – Lassen wir das. Wissen Sie, woher ich komme? – Aus Biskra. – Ich wußte, daß Sie dort gewesen waren, und habe dort nach Spuren von Ihnen suchen wollen. Wozu war er nur nach Biskra gegangen, dieser blinde Gelehrte, dieser Leser? – Ich bin gewohnt, nur in Bezug auf das, was man mir selbst anvertraut, diskret zu sein; in dem, was ich aus mir selbst erfahre, gestehe ich, ist meine Neugier ohne Grenzen. Ich habe also überall, wo ich konnte, gesucht, gestöbert, gefragt. Meine Indiskretion hat mir gedient, da sie mir den Wunsch eingegeben hat, Sie wiederzusehen; da ich statt des gelehrten Gewohnheitsmenschen, den ich noch jüngst in Ihnen sah, weiß, daß ich jetzt ... was, das kommt Ihnen zu, mir zu erklären ... sehen soll.“

Ich fühlte, daß ich errötete.

„Was haben Sie denn über mich erfahren, Menalkas?“

„Sie wollen es wissen? Aber haben Sie keine Angst! Sie kennen Ihre Freunde und meine genügend, um zu wissen, daß ich mit niemanden von Ihnen reden kann. Sie haben gesehen, ob Ihr Kolleg verstanden wurde?“

„Aber“, sagte ich mit leichter Ungeduld, „nichts zeigt mir noch, daß ich mit Ihnen mehr reden kann als mit den anderen. Bitte! was haben Sie über mich erfahren?“

„Zunächst, daß Sie krank gewesen waren.“

„Aber das hat nichts ...“

„O! das ist schon sehr wichtig. Dann hat man mir gesagt, Sie seien gern allein ausgegangen, ohne Buch (und da habe ich zu bewundern begonnen) oder, wenn Sie nicht allein waren, weniger gern von Ihrer Frau begleitet als von Kindern ... Aber erröten Sie nicht, sonst sage ich Ihnen das Folgende nicht.“

„Erzählen Sie, ohne mich anzusehen.“

„Einer der Knaben – er hieß Moktir, wenn ich mich recht besinne – schön wie wenige, Dieb und Betrüger wie kein anderer, schien es, hatte mir viel zu sagen; ich gewann mir, erkaufte mir sein Vertrauen, was, wie Sie wissen, nicht leicht ist, denn ich glaube, er log noch, wenn er sagte, er lüge nicht mehr ... Was er mir von Ihnen erzählt hat, sagen Sie mir doch, ob das wahr ist.“

Menalkas war inzwischen aufgestanden und hatte eine kleine Schachtel aus einem Schubfach genommen, die er aufmachte.

„Hat diese Schere Ihnen gehört?“ sagte er, indem er mir etwas Formloses, Verrostetes, Stumpfgemachtes, Verbogenes hinhielt; aber ich hatte keine Mühe, die kleine Schere wiederzuerkennen, die Moktir hatte verschwinden lassen.

„Ja, das ist sie; sie hat meiner Frau gehört.“

„Er behauptet, er habe sie Ihnen gestohlen, als Sie eines Tages mit ihm allein im Zimmer waren und ihm den Rücken zudrehten; aber das ist nicht das Interessanteste; er behauptet, in dem Moment, wo er sie im Burnus verbarg, habe er begriffen, daß Sie ihn in einem Spiegel beobachteten, und er habe den Reflex Ihres Blickes ertappt, als er nach ihm ausspähte. Sie hatten den Diebstahl gesehen und haben nichts gesagt! Moktir zeigte sich über dieses Schweigen sehr erstaunt ... ich gleichfalls."

„Ich bin es nicht minder über das, was Sie mir sagen: wie! er wußte also, daß ich ihn ertappt hatte!"

„Das ist nicht das Wichtige; Sie wollten ganz fein spielen; bei diesem Spiel prellen uns solche Kinder immer. Sie meinten, Sie hätten ihn, und er hatte Sie ... Das ist nicht das Wichtige. Erklären Sie mir Ihr Schweigen."

„Ich wollte, man erklärte es mir."

Wir blieben eine Weile still und sagten nichts. Menalkas, der im Zimmer auf und ab ging, zündete sich zerstreut eine Zigarette an und warf sie gleich wieder fort.

„Da", sagte er, „scheint Ihnen ›ein Sinn‹, wie die anderen sagen, ›ein Sinn‹ zu fehlen, lieber Michel."

„Vielleicht der ›moralische Sinn‹," sagte ich, indem ich mich zu lächeln zwang.

„O! einfach der des Eigentums."

„Mir scheint nicht, daß Sie selber den sehr stark haben."

„Ich habe ihn so wenig, daß hier, sehen Sie, nichts mir gehört; nicht einmal, oder vor allem nicht, das Bett, in dem ich schlafe. Mir graut vor der Ruhe; der Besitz ermutigt zu ihr, und in der Sicherheit schläft man ein; ich lebe gern genug, um wach leben zu wollen, und halte also im Schoß meines Reichtums selber dieses Gefühl des ungewissen Zustands aufrecht, durch das ich mein Leben aufrege oder mindestens erhöhe. Ich kann nicht sagen, daß ich die Gefahr liebe, aber ich liebe das gewagte Leben und will, daß es mir in jedem Augenblick meinen ganzen Mut, mein ganzes Glück und meine ganze Gesundheit fordere ..."

„Was werfen Sie mir dann vor?" unterbrach ich.

„O! wie schlecht Sie mich verstehen, lieber Michel; um ein Haar begehe ich die Dummheit, daß ich versuche, meinen Glauben zu bekennen! ... Wenn ich mich wenig um den Beifall oder die Mißbilligung der Menschen kümmere, Michel, so geschieht es nicht, um nun selber zu billigen oder zu mißbilligen; diese Worte haben für mich nicht viel Sinn. Ich habe eben zu viel von mir selber geredet; daß ich mich verstanden glaubte, riß mich fort ... Ich wollte Ihnen nur sagen, daß Sie für einen Menschen, der den Eigentumssinn nicht hat, viel zu besitzen scheinen; das ist ernst."

„Was besitze ich groß?"

„Nichts, wenn Sie es so nehmen ... Aber eröffnen Sie nicht Ihr Kolleg? Sind Sie nicht Gutsbesitzer in der Normandie? Haben Sie sich nicht in Passy eingerichtet, und zwar luxuriös? Sie sind verheiratet. Erwarten Sie nicht ein Kind?"

„Nun gut!" sagte ich ungeduldig, „das beweist einfach, daß ich mir habe ein ›gefährlicheres‹ Leben (wie Sie es nennen) zu schaffen verstanden, als Ihres ist."

„Ja, einfach," wiederholte Menalkas ironisch; dann drehte er sich plötzlich herum und hielt mir die Hand hin:

„Also adieu; das genügt für heute abend, und wir würden nichts Besseres sagen. Aber auf bald."

Ich sah ihn eine Zeitlang nicht wieder.

Neue Besorgungen, neue Sorgen nahmen mich in Anspruch; ein italienischer Gelehrter teilte mir neue Dokumente mit, die er herausgab, und die ich für mein Kolleg ausführlich studierte. Daß ich meine erste Vorlesung als schlecht verstanden empfand, hatte mein Verlangen angespornt, die folgenden anders und kräftiger zu beleuchten; dadurch wurde ich dazu gedrängt, als Doktrin aufzustellen, was ich zunächst nur als geistreiche Hypothese gewagt hatte. Wieviele Behaupter verdanken ihre Kraft diesem Zufall, daß sie mit einem halben Wort nicht verstanden wurden! Ich wenigstens gestehe, ich kann den Teil Eigensinn nicht herauslösen, der sich vielleicht in das Bedürfnis natürlicher Behauptung einschlich. Was ich Neues zu sagen hatte, erschien mir um so dringender, je mehr Mühe es mich kostete, es zu sagen, und vor allem, es verständlich zu machen.

Aber wie verblaßten die Worte neben den Taten! War nicht das Leben, war nicht Menalkas' geringste Geste tausendmal beredter als meine Vorlesung? Ah! wie gut begriff ich von nun an, daß der fast ganz moralische Unterricht der großen antiken Philosophie ein Unterricht ebensosehr, ja, mehr des Beispiels gewesen war, als der Worte!

Ich sah Menalkas in meiner Wohnung wieder, etwa drei Wochen nach unserer ersten Begegnung. Es war fast am Schluß einer zu zahlreichen Gesellschaft. Um eine tägliche Störung zu vermeiden, zogen Marzeline und ich es vor, unsere Türen am Donnerstag Abend weit offen zu lassen; so konnten wir sie die anderen Tage leichter schließen. Jeden Donnerstag also kamen die, die sich unsere Freunde nannten; die schönen Dimensionen unserer Salons erlaubten uns, sie in großer Zahl zu empfangen, und die Gesellschaft zog sich weit in die Nacht hinein. Ich glaube, sie zog vor allem Marzelinens wundervolle Anmut herbei und das Vergnügen, sich unter sich zu unterhalten, denn was mich anging, so fand ich schon am zweiten dieser Abende nichts mehr anzuhören und nichts zu sagen, und ich verhehlte meine Langeweile nur schlecht. Ich irrte vom Rauchzimmer in den Salon, vom Vorzimmer in die Bibliothek, angeklammert bisweilen an ein Wort, ohne viel zu beobachten, aber mit einem Blick wie aufs Geratewohl.

Antonius, Stephan und Gottfried besprachen, auf den empfindlichen Sesseln meiner Frau hingerekelt, die letzte Abstimmung der Kammer. Hubert und Ludwig nahmen wundervolle Radierungen aus der Sammlung meines Vaters ohne Vorsicht in die Hand und zerknitterten sie. Im Rauchzimmer hatte Mathias, um Leonhard besser zuhören zu können, die brennende Zigarre auf einen Tisch aus Rosenholz gelegt. Auf den Teppich hatte sich ein Glas Curaçao ergossen. Albert hatte sich unverschämt auf einen Divan gelegt, und seine schmutzigen Füße verdarben einen Stoff. Und der Staub, den man einatmete, entstand aus der scheußlichen Abnutzung der Dinge ... Mich faßte eine wütende Lust, all meine Gäste an der Schulter hinauszustoßen. Möbel, Stoffe, Stiche verloren für mich beim ersten Fleck ihren ganzen Wert: befleckte Dinge, von Krankheit befallene und gleichsam dem Tode bestimmte Dinge. Ich hätte alles schützen, alles für mich allein unter Schloß legen mögen. Wie glücklich ist der Menalkas, dachte ich, der nichts hat! Ich leide, weil ich bewahren will. Was liegt mir im Grunde an all dem? ... – In einem weniger hell beleuchteten kleinen Salon, der durch eine geschliffene Glasscheibe abgetrennt war, empfing Marzeline nur wenige Intimen; sie lag halb auf Kissen hingestreckt; sie war furchtbar blaß und schien mir so ermüdet, daß ich plötzlich erschrak und mir versprach, dieser Empfang sollte der letzte sein. Es war schon spät. Ich wollte auf meine Uhr sehen, als ich in meiner Westentasche Moktirs kleine Schere fühlte.

– Und warum hatte er sie gestohlen, wenn er sie alsbald zu Grunde richten, zerstören wollte? – In diesem Moment schlug mich jemand auf die Schulter, ich drehte mich jäh um: es war Menalkas.

Er war, fast als einziger, im Frack. Er kam gerade. Er bat mich, ihn meiner Frau vorzustellen; ich hätte es sicher nicht von selbst getan. Menalkas war elegant, fast schön; ein ungeheurer, herabhängender, schon grauer Schnurrbart durchschnitt sein Piratengesicht; die kalte Flamme seines Blickes deutete mehr Mut und Entschiedenheit an als Güte. Er stand kaum vor Marzeline, so begriff ich, daß er ihr nicht gefiel. Nachdem er einige banale Höflichkeitsphrasen mit ihr ausgetauscht hatte, zog ich ihn ins Rauchzimmer hinüber.

Ich hatte gerade am Morgen von der neuen Mission erfahren, mit der ihn das Kolonialministerium beauftragte; mehrere Blätter erinnerten bei diesem Thema an seine abenteuerliche Karriere, sie schienen ihre niedrigen Beschimpfungen vom Tage zuvor zu vergessen und konnten keine genügend lebhaften Ausdrücke finden, um ihn zu loben. Sie übertrieben die Dienste um die Wette, die dem Lande, der ganzen Menschheit durch die merkwürdigen Entdeckungen seiner letzten

Forschungsreisen geleistet waren, gerade als unternähme er alles nur mit einem humanitären Ziel: und man rühmte an ihm Züge der Selbstentsagung, der Hingabe, der Kühnheit, gerade als müsse er in diesem Lob einen Lohn suchen.

Ich begann ihn zu beglückwünschen; er unterbrach mich schon bei den ersten Worten:

„Ah, wie! Sie auch, lieber Michel; und Sie hatten mich doch nicht erst beschimpft," sagte er. „Lassen Sie diese Albernheiten den Zeitungen. Sie scheinen sich heute zu wundern, daß ein Mann von verrufenen Sitten trotzdem noch einige Tugenden haben kann. Ich weiß in mir nicht die Unterschiede und die Vorbehalte zu machen, die sie aufstellen wollen, und ich existiere nur als Totalität. Ich mache nur aufs Natürliche Anspruch, und bei jeder Handlung ist mir das Vergnügen, das ich an ihr finde, das Zeichen, daß ich sie tun mußte."

„Das kann weit führen," sagte ich.

„Ich zähle darauf," erwiderte Menalkas. „Ah! wenn alle, die uns umgeben, sich davon überzeugen könnten. Aber die meisten unter ihnen glauben von sich nur durch Zwang Gutes erlangen zu können; sie gefallen sich nur, wenn sie sich fälschen. Sich selber strebt jeder am wenigsten zu gleichen. Jeder nimmt sich einen Schirmherrn und ahmt ihn dann nach; ja, er wählt sich den Schirmherrn, den er nachahmt, nicht einmal; er nimmt seinen schon gewählten Schirmherrn hin. Und doch gibt es, glaube ich, im Menschen noch andere Dinge zu lesen. Man wagt es nicht. Man wagt das Blatt nicht zu wenden. – Die Gesetze der Nachahmung: ich nenne sie Gesetze der Furcht. Man hat Angst davor, sich allein zu sehen; und man sieht sich überhaupt nicht. Diese moralische Agoraphobie ist mir verhaßt; sie ist die schlimmste Feigheit. Und doch erfindet man stets nur allein. Aber wer sucht hier zu erfinden? Was man in sich anders fühlt, gerade das ist, was man an Seltenem besitzt, was jedem seinen Wert gibt – und das ist, was man sich zu unterdrücken müht. Man ahmt nach. Und man behauptet das Leben zu lieben."

Ich ließ Menalkas reden; was er sagte, war genau, was ich vor einem Monat selber zu Marzeline gesagt hatte; und ich hätte es also billigen sollen. Warum, aus welcher Feigheit heraus unterbrach ich ihn und sagte ihm, indem ich Marzeline nachahmte, Wort für Wort die Phrase, mit der sie vorher mich unterbrochen hatte: – „Lieber Menalkas, Sie können nicht von jedem verlangen, daß er anders sei als die anderen ...“

Menalkas verstummte plötzlich, sah mich auf wunderliche Art an, und da Eusebius gerade herzutrat, um sich von mir zu verabschieden, so drehte er mir ohne Umstände den Rücken zu und ging und unterhielt sich mit Hektor von gleichgültigen Dingen.

Kaum ausgesprochen, war meine Phrase mir blöde erschienen; und ich war vor allem trostlos, weil sie Menalkas glauben machen konnte, ich fühle mich von seinen Worten angegriffen. – Es war spät; meine Gäste brachen auf. Als der Salon fast leer war, kam Menalkas zu mir zurück:

„Ich kann Sie nicht so verlassen,“ sagte er. „Ohne Zweifel habe ich Ihre Worte falsch verstanden. Lassen Sie es mich wenigstens hoffen ...“

„Nein,“ antwortete ich, „Sie haben sie nicht falsch verstanden ... aber sie hatten keinen Sinn; ich hatte sie kaum gesagt, so litt ich unter ihrer Dummheit – und vor allem darunter, daß ich fühlte, sie mußten mich in Ihren Augen eben unter die reihen, denen Sie gerade den Prozeß machten, und die, ich versichere es Ihnen, mir so verhaßt sind wie Ihnen. Ich hasse alle Prinzipienmenschen.“

„Sie sind“, erwiderte Menalkas lachend, „das abscheulichste, was es in dieser Welt gibt. Man könnte von ihnen keinerlei Aufrichtigkeit erwarten; denn sie tun niemals etwas anderes, als was ihre Prinzipien dekretiert haben, daß sie es tun sollen, oder wenn nicht, so sehen sie, was sie tun, als schlecht getan an. Beim bloßen Verdacht, Sie könnten einer der ihren sein, fühlte ich, wie mir das Wort auf den Lippen erstarrte. Der Schmerz, der mich alsbald ergriff, hat mir offenbart, wie lebhaft meine Zuneigung zu Ihnen ist; ich wünschte, mich geirrt zu haben – nicht in meiner Zuneigung, sondern in dem Urteil, das ich fällte.“

„Freilich war Ihr Urteil falsch.“

„Ah! nicht wahr," sagte er, indem er plötzlich meine Hand ergriff. „Hören Sie; ich breche bald auf, aber ich möchte Sie noch einmal sehen. Meine Reise wird diesmal noch länger und gewagter werden als alle anderen; ich weiß nicht, wann ich wiederkommen werde. Ich muß in vierzehn Tagen abreisen; hier weiß niemand, daß mein Aufbruch so nahe bevorsteht; ich sage es Ihnen als Geheimnis. Ich breche mit der Morgenröte auf. Die Nacht, die einem Aufbruch vorangeht, ist für mich jedesmal eine Nacht furchtbarer Ängste. Beweisen Sie mir, daß Sie kein Prinzipienmensch sind; kann ich darauf rechnen, daß Sie diese letzte Nacht bei mir verbringen wollen?"

„Aber wir werden uns noch vorher wiedersehen," sagte ich ein wenig überrascht.

„Nein. Während dieser vierzehn Tage werde ich für niemanden zu Haus sein; ich werde nicht einmal in Paris sein. Morgen fahre ich nach Budapest; in sechs Tagen muß ich in Rom sein. Hier wie dort sind Freunde, die ich umarmen will, ehe ich Europa verlasse. Ein dritter erwartet mich in Madrid ..."

„Abgemacht, ich werde diese Nacht der Wache bei Ihnen verbringen."

„Und wir wollen Chirazwein trinken," sagte Menalkas.

Ein paar Tage nach diesem Abend begann Marzeline, sich weniger gut zu befinden. Ich habe schon gesagt, daß sie oft ermattet war; aber sie mied es zu klagen, und da ich diese Mattigkeit ihrem Zustand zuschrieb, hielt ich sie für sehr natürlich und mied es, mich aufzuregen. Ein alter, ziemlich dummer oder ungenügend unterrichteter Arzt hatte uns gleich anfangs übermäßig beruhigt. Neue Störungen jedoch, die von Fieber begleitet waren, bestimmten mich, den Doktor Tr. zu rufen, der damals als der klügste Spezialist galt. Er wunderte sich, daß ich ihn nicht längst gerufen hatte, und verordnete ein strenges Regime, dem sie schon seit einiger Zeit hätte folgen müssen. Aus einem sehr unvorsichtigen Mut hatte Marzeline sich bis zu diesem Tage überanstrengt; bis zur Entbindung, die man gegen Ende Januar erwartete, sollte sie die Chaiselongue hüten. Ohne Zweifel ein wenig unruhig, und leidender als sie zugeben wollte, beugte Marzeline sich sehr geduldig den störendsten Vorschriften. Eine kurze Empörung jedoch regte sie auf, als Tr. ihr Chinin verordnete, und zwar in Dosen, unter denen, wie sie wußte, ihr Kind leiden konnte. Drei Tage hindurch weigerte sie sich hartnäckig, davon zu nehmen; dann wurde das Fieber stärker, und sie mußte sich auch dem fügen; aber diesmal geschah es mit einer großen Trauer und wie mit einem schmerzlichen Verzicht auf die Zukunft; eine Art religiöser Resignation brach den Willen, der sie bis dahin aufrechthielt, so daß ihr Zustand sich während der paar Tage, die noch folgten, jäh verschlimmerte.

Ich umgab sie mit noch mehr Sorgfalt und beruhigte sie nach Kräften, indem ich mich eben der Worte Trs. bediente, der in ihrem Zustand nichts Allzuernstes sah; aber die Gewalt ihrer Befürchtungen ängstigte schließlich auch wieder mich. Ah! wie gefährlich ruhte unser Glück schon auf der Hoffnung! und auf was für einer ungewissen Zukunft? Mich, der anfangs nur am Vergangenen Geschmack gefunden hatte, mich, dachte ich, hat der plötzliche Geschmack des Augenblicks eines Tages berauschen können, aber die Zukunft entzaubert die gegenwärtige Stunde, mehr noch als die Gegenwart die Vergangenheit entzaubert; und seit unserer Nacht in Sorrent wirft sich schon meine ganze Liebe, mein ganzes Leben auf die Zukunft.

Inzwischen kam der Abend, den ich Menalkas versprochen hatte; und trotz meines Ärgers, Marzeline eine ganze Winternacht hindurch allein lassen zu müssen, machte ich ihr, so gut ich konnte, das Feierliche des Rendez-vous, den Ernst meines Versprechens klar. Marzeline ging es an diesem Abend besser, und trotzdem war ich unruhig; eine Wärterin ersetzte mich bei ihr. Aber sowie ich auf der Straße war, gewann meine Unruhe neue Kraft; ich drängte sie zurück, kämpfte gegen sie, ärgerte mich über mich selbst, daß ich mich nicht besser von ihr befreien konnte. So kam ich langsam in einen Zustand von Überspannung, von sonderbarer Aufregung hinein, der von der schmerzlichen Unruhe, aus der er entstand, sehr verschieden und doch ihr sehr nahe war, aber näher noch dem Glück. Es war spät; ich ging mit großen Schritten; der Schnee begann reichlich zu fallen; ich war glücklich, endlich eine lebhaftere Luft zu atmen, gegen die Kälte zu kämpfen, glücklich gegen Wind und Nacht und Schnee; ich genoß meine Energie.

Menalkas, der mich kommen hörte, erschien auf dem Treppenabsatz. Er erwartete mich ungeduldig. Er war bleich und schien ein wenig aufgeregt. Er nahm mir den Mantel ab und zwang mich, meine nassen Stiefel mit weichen, persischen Pantoffeln zu vertauschen. Auf einem kleinen Tischchen beim Feuer waren Leckereien aufgestellt. Zwei Lampen erhellten den Raum weniger als das Kaminfeuer. Menalkas erkundigte sich gleich nach Marzelinens Ergehen; der Einfachheit halber antwortete ich, es gehe ihr sehr gut.

„Ihr Kind erwarten Sie bald?“ erwiderte er.

„In einem Monat.“

Menalkas neigte sich gegen das Feuer, als wolle er sein Gesicht verbergen. Er schwieg. Er schwieg so lange, daß ich schließlich ganz verlegen wurde und auch nicht mehr wußte, was ich ihm sagen sollte. Ich stand auf, tat einige Schritte, trat dann an ihn heran und legte ihm die Hand auf die Schulter. Da murmelte er, als setze er seinen Gedanken fort:

„Man muß wählen. Worauf es ankommt, ist, daß man weiß, was man will ...“

„Eh! wollen Sie nicht fort?“ fragte ich, des Sinnes nicht gewiß, den ich seinen Worten geben sollte.

„Es sieht so aus.“

„Sollten Sie also zögern?“

„Wozu? – Sie haben Frau und Kind, bleiben Sie ... Von den tausend Formen des Lebens kann jeder nur eine kennen. Andere um ihr Glück beneiden, ist Torheit; man könnte es nicht gebrauchen. Das Glück kann man nicht fertig kaufen, es muß nach Maß gemacht werden. – Ich gehe morgen fort; ich weiß: ich habe versucht, dies Glück nach meinem Maß zu schneiden ... behalten Sie das ruhige Glück des Herdes ...“

„Auch ich hatte mir das Glück nach meinem Maß geschnitten," rief ich aus, „aber ich bin gewachsen; jetzt ist mir mein Glück zu eng; bisweilen erdrosselt es mich fast! ..."

„Bah! Sie werden sich darein finden!" sagte Menalkas; dann stellte er sich vor mich hin, tauchte seinen Blick in meinen, und da ich nichts zu sagen fand, lächelte er ein wenig traurig: – „Man glaubt, man besitzt, und man wird besessen," erwiderte er. – „Schenken Sie sich Chiraz ein, lieber Michel; Sie werden ihn nicht oft kosten; und essen Sie diese rosigen Pasten, die die Perser dazunehmen. Heute abend will ich mit Ihnen trinken, will vergessen, daß ich morgen fortgehe, und plaudern, als wäre diese Nacht noch lang ... Wissen Sie, was heute aus der Poesie, und vor allem aus der Philosophie tote Buchstaben macht? Daß sie sich vom Leben abgetrennt haben. Griechenland idealisierte das Leben selber; so daß das Leben des Künstlers schon an sich eine poetische Verwirklichung war; das Leben des Philosophen eine Umsetzung seiner Philosophie in die Tat; so daß auch unters Leben gemischt, statt sich nicht zu kennen, die Philosophie die Dichtung nährte, und die Dichtung die Philosophie ausdrückte, und alles von wundervoller Überzeugungskraft war. Heute handelt die Schönheit nicht mehr; das Handeln sorgt sich nicht mehr, schön zu sein; und die Weisheit wirkt abseits."

„Warum schreiben nicht Sie," sagte ich, „der Sie Ihre Weisheit leben, Ihre Memoiren? – oder einfach", fuhr ich fort, da ich ihn lächeln sah, „die Erinnerungen Ihrer Reisen?"

„Weil ich mich nicht erinnern will," antwortete er. „Täte ich es, ich würde glauben, ich hindere die Zukunft, heraufzukommen, und ich lasse die Vergangenheit eingreifen. Aus dem vollkommenen Vergessen des Gestern schaffe ich die Neuheit jeder Stunde. Niemals genügt es mir, daß ich glücklich gewesen bin. Ich glaube nicht an die toten Dinge und verwechsele ›nicht mehr sein‹ mit ›nie gewesen sein‹."

Ich ärgerte mich schließlich über seine Worte, die meinen Gedanken zu sehr vorauseilten; ich hätte zurückhalten mögen, ihn aufhalten, aber ich suchte vergebens zu widersprechen; und übrigens ärgerte ich mich mehr noch über mich als über Menalkas. Ich blieb also stumm. Er lief bald nach Art eines wilden Tieres im Käfig hin und her, bald neigte er sich zum Feuer, bald schwieg er lange, bald sagte er dann unvermittelt:

„Wenn unsere mittelmäßigen Gehirne die Erinnerungen noch so gut einzubalsamieren verständen! Aber sie konservieren sich schlecht; die zartesten reiben sich ab, die wollüstigsten verwesen, die köstlichsten sind in der Folge die gefährlichsten. Was man bereut, war anfangs köstlich."

Wieder langes Schweigen; und dann fuhr er fort:

„Bedauern, Gewissensbisse, Reue – das sind Freuden von ehedem, von hinten gesehen. Ich blicke nicht gern rückwärts, und ich lasse meine Vergangenheit in der Ferne, wie der Vogel, um zu fliegen, seinen Schatten verläßt. Ah! Michel, jede Freude erwartet uns immer, aber stets will sie das Lager leer finden, die einzige sein, und man soll wie ein Witwer zu ihr kommen. – Ah! Michel, jede Freude gleicht jenem Manna der Wüste, das von Tag zu Tag verdirbt; sie gleicht dem Wasser der Quelle Ameles, das sich, wie Plato erzählt, in keinem Gefäß bewahren ließ ... Jeder Moment muß mit sich nehmen, was er gebracht hat."

Menalkas sprach noch lange; ich kann hier nicht all seine Sätze anführen; aber viele gruben sich in mir ein, um so stärker, je schneller ich sie hätte vergessen mögen; nicht, daß sie mir irgend etwas sehr Neues gesagt hätten – aber sie entblößten plötzlich meinen Gedanken; einen Gedanken, den ich mit so vielen Schleiern bedeckte, daß ich fast hatte hoffen können, er sei erstickt. So verstrich die Nachtwache.

Als ich am Morgen Menalkas an den Zug gebracht hatte, der ihn entführte, und mich allein auf den Weg machte, um zu Marzeline zurückzukehren, fühlte ich mich erfüllt von erbärmlicher Trauer, von Haß gegen Menalkas' cynische Freude; ich wollte, sie sollte unecht sein; ich zwang mich, sie zu leugnen. Ich ärgerte mich, daß ich ihm nichts zu antworten gewußt hatte; ich ärgerte mich, daß ich ein paar Worte gesagt hatte, nach denen er an meinem Glück, an meiner Liebe zweifeln mußte. Und ich klammerte mich an mein zweifelhaftes Glück, an mein „ruhiges Glück", wie Menalkas gesagt hatte; ich konnte die Unruhe nicht von ihm lösen, aber ich behauptete, diese Unruhe diene der Liebe als Nahrung. Ich neigte mich gegen die Zukunft hin, wo ich schon mein kleines Kind mir zulächeln sah; für dies Kind reformierte sich, kräftigte sich meine Moral ... Entschieden ging ich mit festem Schritt.

Aber ach! als ich an diesem Morgen ins Haus trat, fiel mir gleich im ersten Zimmer eine ungewohnte Verwirrung auf. Die Wärterin kam mir entgegen und teilte mir in gemäßigten Worten mit, während der Nacht hätten meine Frau furchtbare Ängste ergriffen, und dann Schmerzen, obgleich sie noch nicht am Ziel ihrer Schwangerschaft zu sein glaubte; da sie sich sehr schlecht fühlte, so habe sie zum Doktor geschickt; der sei in aller Eile während der Nacht gekommen und habe die Kranke trotzdem noch nicht verlassen; dann, glaube ich, sah sie meine Blässe und wollte mich beruhigen, indem sie mir sagte, alles gehe schon viel besser, es ... Ich stürzte zu Marzelinens Zimmer.

Das Zimmer war schwach erleuchtet, und zunächst unterschied ich nur den Doktor, der mir mit der Hand Schweigen auferlegte; dann im Schatten eine Gestalt, die ich nicht kannte. Ängstlich und geräuschlos näherte ich mich dem Bett. Marzeline hatte die Augen geschlossen; sie war so schrecklich bleich, daß ich sie erst für tot hielt; aber ohne die Augen aufzuschlagen, wandte sie mir den Kopf zu. In einem dunklen Winkel des Zimmers ordnete, verbarg die unbekannte Figur verschiedene Dinge, ich sah glänzende Instrumente, Watte; ich sah, ich glaubte ein blutbeflecktes Laken zu sehen ... Ich fühlte, daß ich schwankte. Ich fiel fast auf den Doktor; er stützte mich. Ich begriff; ich fürchtete zu begreifen ...

„Das Kleine?“ fragte ich ängstlich.

Er zuckte traurig mit den Schultern. – Ohne noch zu wissen, was ich tat, warf ich mich schluchzend gegen das Bett. Ah! die plötzliche Zukunft! Der Boden wich mir jäh unter den Füßen; vor mir war nur noch ein leeres Loch, in das ich ganz hinabfiel.

Hier verwirrt sich alles in finsterer Erinnerung. Doch schien Marzeline sich zunächst ziemlich schnell zu erholen. Die Ferien des Jahresanfangs ließen mir ein wenig Muße, und ich konnte fast alle Stunden des Tages bei ihr verbringen. Ich las und schrieb neben ihr oder ich las ihr leise vor. Ich ging nie aus, ohne ihr ein paar Blumen mitzubringen. Ich entsann mich der zärtlichen Sorge, mit der sie mich umgeben hatte, als ich krank war, und ich umgab sie mit so viel Liebe, daß sie bisweilen wie glücklich darüber lächelte. Kein Wort wurde über den Gegenstand des traurigen Ereignisses getauscht, das unsere Hoffnungen zerschlug ...

Dann stellte sich eine Aderentzündung ein; und als sie nachzulassen begann, warf eine Arterienverstopfung Marzeline plötzlich zwischen Leben und Tod. Es war nachts; ich sehe mich noch über sie geneigt, wie ich mit ihrem mein Herz stillestehen oder Wiederaufleben fühlte. Wie viele Nächte habe ich so bei ihr gewacht! den Blick hartnäckig auf sie geheftet, in der Hoffnung, kraft der Liebe ein wenig von meinem Leben in ihres einzuschleichen. Und wenn ich nicht mehr viel ans Glück dachte, so war meine einzige, traurige Freude, Marzeline bisweilen lächeln zu sehen.

Mein Kolleg hatte wieder begonnen. Wo fand ich die Kraft, meine Vorlesungen vorzubereiten, sie zu halten? ... Meine Erinnerung verliert sich, und ich weiß nicht mehr, wie sich die Wochen folgten. – Doch eine Kleinigkeit will ich euch noch erzählen:

Es ist eines Morgens, kurze Zeit nach der Arterienverstopfung; ich bin bei Marzeline; es scheint ihr ein wenig besser zu gehen, aber noch ist ihr die größte Regungslosigkeit vorgeschrieben; sie darf nicht einmal die Arme rühren. Ich neige mich, um ihr zu trinken zu geben, und als sie getrunken hat und ich noch über sie geneigt bin, bittet sie mich mit einer Stimme, die ihre Verlegenheit noch schwächer macht, ein Kästchen zu öffnen, das ihr Blick bezeichnet; es steht da, auf dem Tisch; ich öffne es; es ist voll Bänder, Putz, kleinen, wertlosen Schmucks; was will sie? Ich bringe den Kasten nah ans Bett; ich hebe nacheinander alles einzeln heraus. Ist es dies? das? ... nein; noch nicht; und ich fühle, wie sie ein wenig unruhig wird. – „Ah! Marzeline! diesen kleinen Rosenkranz willst du!“ – Sie müht sich zu lächeln.

„Du fürchtest also, ich pflege dich nicht genug?“

„O! mein Freund!“ murmelte sie. – Und ich erinnerte mich unseres Gesprächs in Biskra, ihres schüchternen Vorwurfs, als sie mich abweisen hört, was sie „Gottes Hilfe“ nennt. Ich erwidere ein wenig hart:

„Ich bin ganz gut allein gesund geworden.“

„Ich habe so viel für dich gebetet,“ antwortet sie. – Sie sagt das zärtlich, traurig; ich fühle in ihrem Blick eine flehende Angst ... Ich nehme den Rosenkranz und lasse ihn ihr in die geschwächte Hand gleiten, die auf der Decke neben ihr ruht. Ein Blick voll Tränen und Liebe belohnt mich – aber ich kann nicht auf ihn antworten; noch einen Moment zögere ich, weiß nicht, was tun, bin verlegen; schließlich halte ich es nicht mehr aus:

„Adieu,“ sage ich – und ich verlasse das Zimmer, feindselig und als hätte man mich daraus verjagt.

Doch die Arterienverstopfung hatte ziemlich ernste Störungen herbeigeführt; der scheußliche Blutkuchen, den das Herz ausgestoßen hatte, ermüdete und bedrängte die Lungen, sperrte die Atmung, machte sie schwierig und pfeifend. Ich glaubte, ich würde sie nie wieder gesund werden sehen. Die Krankheit war in Marzeline getreten, bewohnte sie hinfort, zeichnete sie, befleckte sie. Sie war verdorben.

III

Die Jahreszeit wurde milde. Sobald mein Kolleg zu Ende war, brachte ich Marzeline auf die Morinière, da der Doktor behauptete, jede dringende Gefahr sei vorüber, und um sie vollends wiederherzustellen, sei nichts so nötig wie eine bessere Luft. Ich selber hatte auch Ruhe sehr nötig. Diese Nachtwachen, die ich fast alle selber zu halten gedrungen hatte, diese lang hingezogene Angst, und vor allem diese physische Sympathie, unter der ich zur Zeit von Marzelinens Arterienverstopfung in mir die furchtbaren Sprünge ihres Herzens nachgefühlt hatte – all das hatte mich matt gemacht, als wäre ich selber krank gewesen.

Ich hätte Marzeline lieber ins Gebirge gebracht; aber sie zeigte mir den lebhaftesten Wunsch, in die Normandie zurückzukehren, behauptete, kein Klima würde ihr besser tun, und erinnerte mich daran, daß ich die beiden Pachthöfe wiedersehen müsse, mit denen ich mich ein wenig verwegen beladen hatte. Sie überredete mich, ich habe mich dafür verantwortlich gemacht und sei es mir schuldig, daß ich Erfolg damit hätte. Wir waren kaum angekommen, so drängte sie mich also, auf die Felder zu laufen ... Ich weiß nicht, ob sich nicht in ihr freundschaftliches Drängen eine Menge Selbstentsagung mischte; die Furcht, daß ich sonst meine Freiheit als nicht groß genug empfinden möge, im Glauben, die Pflege, die man ihr noch angedeihen lassen mußte, halte mich bei ihr zurück ... Aber es ging Marzeline besser; ihre Wangen färbte wieder Blut; und nichts erfrischte mich so sehr, wie daß ich ihr Lächeln als weniger traurig empfand; ich konnte sie ohne Furcht verlassen.

Ich ging also wieder auf die Pachthöfe. Man machte das erste Heu. Die von Blütenstaub und Düften schwere Luft betäubte mich anfangs wie ein berauschendes Getränk. Mir schien, ich hatte seit dem vergangenen Jahr nicht mehr geatmet oder nur Staub geatmet: so süß durchdrang mich die Atmosphäre. Von der Böschung aus, wo Ich mich wie berauscht hingesetzt hatte, beherrschte ich die Morinière; ich sah ihre blauen Dächer, die schlafenden Wasser ihrer Gräben; darum gemähte Felder, andere voll Gras; weiterhin die Krümmung des Bachs; noch weiter das Holz, wo ich im letzten Herbst mit Karl spazieren geritten war. Ein Singen, das ich schon seit ein paar Augenblicken gehört hatte, kam näher; es waren die Heuwender, die mit der Gabel oder mit dem Rechen auf der Schulter nach Hause zogen. Diese Arbeiter, die ich fast alle wiedererkannte, erinnerten mich ärgerlich daran, daß ich nicht als entzückter Wanderer da war, sondern als Herr. Ich näherte mich, lächelte ihnen zu, sprach mit ihnen, erkundigte mich ausführlich nach jedem. Schon hatte mir morgens Bocage über den Stand der Kulturen Bericht erstatten können; übrigens hatte er mich durch eine regelmäßige Korrespondenz ständig über die geringsten Zwischenfälle mit den Pachthöfen auf dem Laufenden gehalten. Die Wirtschaft ging nicht schlecht, viel besser, als Bocage mich anfangs hatte hoffen lassen. Doch erwartete man mich für ein paar wichtige Entscheidungen, und einige Tage lang leitete ich alles nach besten Kräften, ohne Lust, aber indem ich mein vernichtetes Leben an diesen Schein der Arbeit hing.

Sobald Marzeline wohl genug war, um zu empfangen, kamen ein paar Freunde zu uns auf Besuch. Ihre liebevolle und geräuschlose Gesellschaft konnte Marzeline gefallen, bewirkte aber, daß ich das Haus nur um so lieber verließ. Ich zog die Gesellschaft der Leute vom Pachthof vor; mir schien, ich würde bei ihnen mehr zu lernen finden – nicht, daß ich ihnen viele Fragen stellte – nein, und ich weiß auch die Art Freude, die ich in ihrer Nähe empfand, kaum auszudrücken: mir schien, ich fühlte durch sie hindurch – und während mir die Unterhaltung unserer Freunde, noch ehe sie zu reden anfingen, schon ganz bekannt war, verursachte mir der bloße Anblick dieser Kerle eine beständige Verwunderung.

Wenn man anfangs hätte meinen können, sie legten in ihre Antwort die ganze Herablassung, die ich in meine Fragen zu legen mied, so ertrugen sie meine Gegenwart bald besser. Ich trat immer mehr mit ihnen in Kontakt. Nicht damit zufrieden, ihnen bei der Arbeit zu folgen, wollte ich sie bei ihren Spielen sehen; ihre stumpfen Gedanken interessierten mich kaum, aber ihren Mahlzeiten wohnte ich bei, ich lauschte ihren Scherzen, beobachtete ihre Vergnügungen mit Liebe. Es geschah in einer Art Sympathie, ähnlich der, unter der mein Herz bei den Sprüngen von Marzelinens mitsprang, es war ein unmittelbares Echo jeder fremden Empfindung – nicht unbestimmt, sondern genau, scharf. Ich fühlte den Gliederschmerz des Mähers in meinen Armen; ich war müde von seiner Müdigkeit; der Schluck Zider, den er trank, stillte mich; ich fühlte ihn in seine Kehle gleiten; eines Tages schnitt sich einer, als er seine Sense schärfte, tief in den Daumen: ich fühlte seinen Schmerz bis auf den Knochen.

So schien mir, nicht mehr mein Blick allein zeigte mir die Landschaft, sondern ich fühlte sie noch durch eine Art Betasten, das diese wunderliche Sympathie grenzenlos machte.

Bocages Gegenwart störte mich; ich mußte, wenn er kam, den Herrn spielen, und daran fand ich keinen Geschmack mehr. Ich befahl noch, es war nötig, und ich leitete die Arbeiter auf meine Art; aber ich ritt nicht mehr, aus Furcht, sie zu sehr zu überragen. – Aber trotz der Vorsicht, die ich aufwandte, damit sie nicht mehr unter meiner Gegenwart leiden sollten, und damit sie sich vor mir keinen Zwang mehr antäten, behielt ich vor ihnen doch wie zuvor meine ganze schlimme Neugier. Die Existenz eines jeden von ihnen blieb mir geheimnisvoll. Mir schien immer, ein Teil ihres Lebens verbarg sich. Was taten sie, wenn ich nicht mehr da war? Ich gab mir nicht zu, daß sie sich nicht besser amüsierten. – Und ich lieh einem jeden von ihnen ein Geheimnis, das ich eigensinnig kennen zu lernen wünschte. Ich schweifte umher, ich folgte, ich spionierte. Ich hing mich an die unklarsten Naturen, als erwartete ich aus ihrer Finsternis zu meiner Aufklärung ein Licht.

Einer vor allem zog mich an: er war ziemlich schön, groß, nicht stumpfsinnig, aber einzig vom Instinkt geführt; er tat nie etwas außer plötzlich und gab jedem flüchtigen Antriebe nach. Er war nicht aus jener Gegend; man hatte ihn zufällig gedungen. Zwei Tage lang ein vortrefflicher Arbeiter, trank er sich am dritten sterbensvoll. Eines Nachts ging ich heimlich, ihn mir in der Scheune anzusehen; er lag im Heu hingestreckt; er schlief den festen Schlaf des Betrunkenen. Wie lange ich ihn anblickte! ... Eines schönen Tages ging er fort, wie er gekommen war. Ich hätte wissen mögen, auf welchen Wegen ... Noch am Abend erfuhr ich, daß Bocage ihn fortgeschickt hatte.

Ich war wütend auf Bocage, ließ ihn kommen.

„Es scheint, Sie haben Peter fortgeschickt," begann ich. „Wollen Sie mir sagen, weshalb?"

Ein wenig bestürzt über meinen Zorn, den ich doch nach Kräften mäßigte:

„Der Herr wollten doch nicht einen schmutzigen Trunkenbold bei sich behalten, der die besten Arbeiter verdarb ..."

„Ich weiß besser als Sie, wen ich zu behalten wünsche."

„Einen Bummler! Man weiß nicht einmal, woher er kommt. In der Gegend machte das keinen guten Eindruck ... Wenn er eines Nachts Feuer an die Scheune gelegt hätte, wären der Herr vielleicht zufrieden gewesen."

„Aber schließlich ist das meine Sache, und der Pachthof gehört vielleicht mir; – ich gedenke ihn zu leiten, wie es mir gefällt. In Zukunft werden Sie mir freundlichst Ihre Motive mitteilen, ehe Sie jemanden fortschicken."

Bocage hatte mich, wie ich schon sagte, als kleines Kind gekannt; so verletzend der Ton meiner Worte auch war, er liebte mich zu sehr, um sich darüber zu ärgern. Und er nahm mich sogar nicht einmal genügend ernst. Der normannische Bauer bleibt nur zu oft für das, dessen Triebfeder er nicht durchschaut, das heißt, für das, was nicht das Interesse leitet, ohne Glauben. Bocage sah diesen Streit einfach als eine Grille an.

Doch wollte ich das Gespräch nicht mit einem Tadel abbrechen, und da ich fühlte, daß ich zu lebhaft gewesen war, suchte ich nach etwas, was ich hinzufügen konnte.

„Soll nicht ihr Sohn Karl bald wieder nach Hause kommen?" entschied ich mich nach einem Moment des Schweigens zu fragen.

„Ich dachte, der Herr hätten ihn vergessen, da er sich so wenig um ihn kümmerten," sagte Bocage, noch verletzt.

„Ich ihn vergessen! Bocage, und wie könnte ich das, nach allem, was wir vergangenes Jahr zusammen getan haben? Ich zähle sogar sehr auf ihn, wegen der Pachthöfe ..."

„Der Herr sind sehr gut. Karl soll in acht Tagen zurückkommen."

„Ah, das freut mich, Bocage" – und ich verabschiedete ihn.

Bocage hatte fast recht: sicherlich hatte ich Karl nicht vergessen, aber ich kümmerte mich nur noch sehr wenig um ihn. Wie erklären, daß ich für ihn nach einer so feurigen Kameradschaft nur noch eine grämliche Gleichgültigkeit empfand? Das kam, weil meine Beschäftigungen und Neigungen nicht mehr die des vergangenen Jahres waren. Meine beiden Pachthöfe, das mußte ich mir gestehen, interessierten mich nicht mehr so sehr wie die Leute, die ich auf ihnen beschäftigte; und für den Verkehr mit ihnen mußte Karls Gegenwart störend sein. Er war viel zu vernünftig und erzwang sich zu viel Achtung. So sah ich trotz der lebhaften Bewegung, die die Erinnerung an ihn in mir erweckte, seine Rückkehr mit Besorgnis nahen.

Er kam zurück. – Ah! wie recht hatte ich, wenn mir bangte, und wie gut Menalkas daran tat, jeder Erinnerung abzuschwören! – – Ich sah statt Karls einen absurden Herrn mit einem lächerlichen runden Hut eintreten. Gott! war er verändert! Verlegen, gezwungen versuchte ich trotzdem, der Freude, die er über das Wiedersehen mit mir bezeugte, nicht mit zuviel Kälte entgegenzutreten; aber selbst diese Freude mißfiel mir; sie war linkisch und schien mir nicht aufrichtig. Ich hatte ihn im Salon empfangen, und da es spät war, erkannte ich sein Gesicht nicht recht; aber als man die Lampe brachte, sah ich mit Abscheu, daß er sich den Bart hatte wachsen lassen.

Die Unterhaltung war an diesem Abend ziemlich düster; und da ich wußte, daß er unaufhörlich auf den Pachthöfen sein würde, so vermied ich dann fast acht Tage lang, hinzugehen, und ich beschränkte mich auf meine Studien und auf die Gesellschaft meiner Gäste. Und als ich dann wieder auszugehen begann, wurde ich von einer sehr neuen Beschäftigung in Anspruch genommen.

Die Holzhauer waren in den Wald gezogen. Jedes Jahr verkaufte man einen Teil daraus; in zwölf gleiche Schläge geteilt, lieferte das Holz jedes Jahr mit ein paar hochgeschossenen Trieben, von denen man kein Wachstum mehr erhoffte, ein zwölfjähriges Buschholz, das man in Bündel legte.

Diese Arbeit geschah im Winter und vor dem Frühjahr mußten die Holzfäller nach den Abmachungen des Verkaufs den Schlag geräumt haben. Aber die Nachlässigkeit Vater Heurtevents, des Holzhändlers, der die Operationen leitete, war so groß, daß bisweilen, wenn der Frühling kam, der Schlag noch vollstand; dann sah man neue gebrechliche Schößlinge durch das tote Astwerk langen, und wenn die Fäller schließlich ausleerten, so geschah es nicht, ohne sehr viel Sprossen zu vernichten.

Dieses Jahr überstieg die Nachlässigkeit des Vaters Heurtevent, des Käufers, all unsere Befürchtungen. Da keinerlei höheres Gebot erfolgt war, hatte ich ihm den Schlag zu sehr niedrigen Preisen lassen müssen; er war also sicher, stets seine Rechnung dabei zu finden, und beeilte sich sehr wenig, ein Holz zu vertreiben, das er so billig bezahlt hatte. Und von Woche zu Woche schob er die Arbeit auf, indem er einmal Mangel an Arbeitern, ein anderes Mal das schlechte Wetter, dann ein krankes Pferd, Arbeitsleistungen, andere Aufträge vorschützte ... was weiß ich? So war Mitte des Sommers noch nichts beseitigt.

Was mich das Jahr vorher im höchsten Grade gereizt hätte, ließ mich dieses Jahr ziemlich ruhig; ich verhehlte mir nicht, daß Heurtevent mich schädigte, aber dieses so verödete Holz war schön, und ich ging mit Vergnügen darin spazieren, indem ich das Wild beschlich und beobachtete, die Schlangen überraschte, und mich bisweilen lange auf einen der niedergelegten Stämme setzte, die noch zu leben schienen und ein paar grüne Reiser aus ihren Wunden warfen.

Dann entschloß Heurtevent sich plötzlich gegen Mitte der ersten Augusthälfte, seine Leute zu schicken. Sie kamen zu sechs auf einmal und behaupteten, die ganze Arbeit in zehn Tagen vollenden zu können. Die auszuschlagende Waldpartie stieß fast an die Valterie; ich erlaubte, um den Fällern die Arbeit zu erleichtern, daß man ihnen vom Pachthof zu essen brachte. Mit diesem Amt wurde ein Spaßvogel namens Bute betraut, den uns das Regiment ganz verfault zurückgeschickt hatte – ich meine geistig, denn seinem Körper ging es wundervoll; er gehörte zu denen meiner Leute, mit denen ich gern plauderte. Ich konnte ihn also wiedersehen, ohne dazu den Hof zu betreten. Denn gerade zu dieser Zeit begann ich wieder auszugehen. Und ein paar Tage lang verließ ich die Wälder kaum und ging nur zur Stunde der Mahlzeiten auf die Morinière zurück und ließ oft auf mich warten. Ich tat, als überwache ich die Arbeit, aber in Wahrheit sah ich nur die Arbeiter.

Bisweilen kamen zu dieser Schar von sechs Leuten zwei von Heurtevents Söhnen: der eine zwanzig Jahre alt, der andere fünfzehn; beide schlank, üppig, mit harten Zügen. Sie schienen von fremdem Typus, und ich erfuhr später wirklich, daß ihre Mutter eine Spanierin war. Ich wunderte mich erst, daß sie hatte bis hierhin kommen können, aber Heurtevent, in seiner Jugend ein ausgefeimter Landstreicher, hatte sie, wie sich herausstellte, in Spanien geheiratet. Er war aus diesem Grunde in der Gegend ziemlich schlecht gesehen. Das erste Mal, als ich dem jüngeren der Söhne begegnet war, hatte es, wie ich mich entsinne, geregnet; er war allein und saß auf einem sehr hohen Karren ganz oben auf dem Haufen von Bündeln; und dort, zwischen den Zweigen hingeworfen, sang oder schrie er vielmehr eine Art wunderlichen Liedes, wie ich es noch nie in der Gegend gehört hatte. Die Pferde, die den Karren zogen, kannten den Weg und zogen dahin, ohne daß er sie zu lenken brauchte. Ich kann den Eindruck nicht schildern, den dieses Lied auf mich machte; denn ich hatte ähnliches nur in Afrika gehört ... Der Kleine war aufgeregt und schien betrunken; er sah mich nicht einmal an, als ich vorbeikam. Am Tage darauf erfuhr ich, daß es ein Sohn von Heurtevent war. Um ihn wiederzusehen, oder wenigstens, um ihn zu erwarten, hielt ich mich so viel im Holzschlag auf. Man hatte ihn bald leer. Die jungen Heurtevents kamen nur dreimal hin. Sie schienen hochmütig, und ich konnte kein Wort von ihnen erlangen.

Bute dagegen erzählte gern; ich sorgte dafür, daß er bald begriff, was man bei mir sagen konnte; von da an genierte er sich kaum noch und zog das Land aus. Gierig neigte ich mich über sein Geheimnis. Er übertraf zugleich meine Hoffnung und befriedigte mich nicht. War das, was unter dem Schein hingrollte? oder war das vielleicht nur erst noch eine neue Heuchelei? Einerlei! Und ich fragte Bute aus, wie ich es bei den formlosen Chroniken der Goten getan hatte. Aus seinen Erzählungen stieg ein trüber Abgrunddunst auf, der mir schon zu Kopf stieg und den ich unruhig einsog. Von ihm erfuhr ich zuerst, daß Heurtevent seine Tochter benutzte. Ich fürchtete, wenn ich den geringsten Tadel bezeugte, würde ich jedes Vertrauen abschneiden; ich lächelte also; die Neugier trieb mich.

„Und die Mutter? Die sagt nichts?“

„Die Mutter! die ist ja seit vollen zwölf Jahren tot ... Er hat sie geprügelt.“

„Wieviel sind sie in der Familie?“

„Fünf Kinder. Sie haben den ältesten von den Söhnen gesehen, und den jüngsten. Er hat noch einen von sechzehn Jahren, der nicht kräftig ist und Pfarrer werden soll. Und dann hat die ältere Tochter schon zwei Kinder vom Vater ...“

Und ich erfuhr allmählich noch viele andere Dinge, die aus dem Hause Heurtevent einen brennenden Ort von starkem Geruch machten, um den meine Phantasie, so viel ich auch davon bekam, wie eine Fliege ums Fleisch herumkreiste. – Eines Abends versuchte der ältere Sohn eine junge Magd zu notzüchtigen, und da sie sich wehrte, kam der Vater herzu und half seinem Sohne und hielt sie mit seinen enormen Händen fest; währenddessen setzte der zweite Sohn im Stockwerk darüber zärtlich seine Gebete fort, und der jüngst amüsierte sich als Zuschauer des Dramas. Was die Notzucht angeht, so denke ich mir, sie kann nicht so schwer gewesen sein, denn Bute erzählte noch, einige Zeit darauf habe die Magd, die Geschmack daran gefunden hatte, den kleinen Priester zu verführen gesucht.

„Und der Versuch ist nicht geglückt?“ fragte ich.

„Er hält noch, aber nicht mehr sehr fest,“ antwortete Bute.

„Sagtest du nicht, es sei noch eine Tochter da?“

„Die nimmt soviel, wie sie abkriegen kann; und noch ohne was dafür zu fordern. Wenn sie das packt, so würde eher sie bezahlen. Dertausend, dürfte es nicht im Hause des Vaters machen; er würde prügeln. Er sagt so: in der Familie hat man das Recht, zu tun, was einem gefällt, aber andere geht das nichts an. Peter, der Bursch vom Hof, den Sie haben wegschicken lassen – er hat sich dessen nicht gerühmt, aber eines Nachts ist er nicht ohne ein Loch im Kopf herausgekommen. Seit der Zeit arbeitet man im Schloßwald.“

Dann fragte ich mit einem ermutigenden Blick:

„Hast du's mal versucht?“

Er senkte der Form halber die Augen und sagte belustigt:

„Mitunter.“ Dann hob er die Augen schnell: „Der Kleine vom Vater Bocage auch.“

„Welcher Kleine vom Vater Bocage?“

„Alkides, der, der auf dem Hof schläft. Der Herr kennen ihn also nicht?“

Ich war absolut verblüfft, daß Bocage noch einen Sohn hatte.

„Freilich,“ fuhr Bute fort, und letztes Jahr sei er noch bei seinem Onkel gewesen. „Aber es ist sehr erstaunlich, daß der Herr ihm noch nicht im Walde begegnet sind; fast jeden Abend wildert er.“

Bute hatte diese letzten Worte leiser gesagt. Er sah mich an, und ich begriff, daß es hohe Zeit war, zu lächeln. Da fuhr Bute befriedigt fort:

„Der Herr wissen verdammt recht gut, daß man bei ihm wildert. Bah! der Wald ist so groß, daß das nicht viel Schaden anrichtet ...“

Ich zeigte mich so wenig mißvergnügt, daß Bute mir sofort, kühner geworden, und, glaube ich heute, froh, Bocage ein wenig schaden zu können, in einem Graben von Alkides aufgestellte Fallen zeigte und mich dann über den und den Ort an der Hecke unterrichtete, wo ich nahezu sicher sein konnte, ihn abzufangen. Es war auf der Höhe einer Böschung an einem schmalen Loch in der Hecke, die den Waldsaum bildete und wo Alkides gegen sechs Uhr durchzukommen pflegte. Dort spannten Bute und ich sehr amüsiert einen Kupferdraht auf, den wir hübsch verdeckten. Dann ließ Bute mich schwören, daß ich ihn nicht verraten würde, und zog ab, da er sich nicht kompromittieren wollte. Ich legte mich hinter die Böschung; ich wartete.

Und drei Abende wartete ich vergebens. Ich begann schon zu glauben, Bute habe mir mitgespielt ... Am vierten Abend hörte ich einen sehr leichten Schritt nahen. Mir schlägt das Herz, und plötzlich lerne ich die furchtbare Lust dessen kennen, der wildert ... Die Schlinge ist so gut gelegt, daß Alkides geradeswegs hineinläuft. Ich sehe ihn plötzlich lang hinstürzen; der Knöchel war gefaßt. Er will sich retten, stürzt wieder hin, wehrt sich wie ein Wild. Aber schon habe ich ihn gepackt. Es ist ein boshafter Bursch mit grünem Auge, Flachshaar und verschlagenem Ausdruck. Er versetzt mir Fußtritte, dann, eingeklemmt, versucht er zu beißen, und da ihm das nicht gelingen will, beginnt er mir die außerordentlichsten Schimpfworte ins Gesicht zu werfen, die ich je gehört hatte. Schließlich kann ich mich nicht mehr halten; ich breche in Lachen aus. Da hält er plötzlich inne, und mit leiserem Ton:

„Sie brutaler Kerl, Sie haben mich lahm gemacht."

„Laß sehen."

Er läßt den Strumpf auf den Schuh hinabgleiten und zeigt seinen Knöchel, wo man kaum eine leichte, eben gerötete Spur unterscheidet. – „Das ist nichts." Er lächelt ein wenig, dann heimtückisch:

„Ich geh's mein'm Vater sagen, daß Sie's sind, der die Schlingen legt."

„Weiß Gott! dies ist eine von deinen."

„Weiß ganz genau, daß Sie die nicht gelegt haben, die da."

„Warum denn nicht?"

„Sie könnten's nicht so gut. Zeigen Sie mir, wie Sie's anfangen."

„Lehre es mich ..."

Diesen Abend kam ich erst sehr spät zu Tisch nach Hause, und da man nicht wußte, wo ich war, war Marzeline unruhig. Ich erzählte ihr jedoch nicht, daß ich sechs Schlingen gelegt und Alkides, statt ihn zu schelten, zehn Sous gegeben hatte.

Am folgenden Tage ging ich mit ihm diese Schlingen nachsehen und hatte das Vergnügen, zwei Kaninchen in den Fallen gefangen zu finden; natürlich ließ ich sie ihm. Die Jagd war noch nicht eröffnet. Was wurde also aus diesem Wild, das man nicht zeigen konnte, ohne sich zu kompromittieren? Das weigerte Alkides sich mir zu gestehen. Schließlich erfuhr ich, wieder durch Bute, daß Heurtevent ein Meisterhehler war, und daß der jüngste der Söhne zwischen ihm und Alkides vermittelte. Sollte ich also auf diese Art noch tiefer in diese wilde Familie eindringen? Mit welcher Leidenschaft ich wilderte!

Ich suchte Alkides jeden Abend auf; wir fingen Kaninchen in großer Zahl, und einmal sogar ein Reh; es lebte noch schwach ... ich erinnere mich nicht ohne Grauen der Freude, die Alkides daran fand, es zu töten. Wir brachten das Reh an einen sicheren Ort, wo der Sohn Heurtevents es nachts holen konnte.

Von da an ging ich nicht mehr so gern am Tage aus, wo mir der gesäuberte Wald weniger Reize bot. Ich versuchte sogar zu arbeiten, traurige Arbeit ohne Ziel – denn ich hatte schon beim Schluß meines Kollegs abgelehnt, die Stellvertretung fortzusetzen – undankbare Arbeit, von der mich das geringste Singen, das geringste Geräusch auf den Feldern abzog; jeder Schrei wurde mir zum Ruf. Wieviele Male bin ich so von meiner Lektüre ans Fenster gesprungen, um absolut nichts vorbeiziehen zu sehen! Wieviele Male, wenn ich plötzlich hinausging ... Die einzige Aufmerksamkeit, deren ich fähig war, war die all meiner Sinne.

Aber wenn die Nacht hereinsank – und jetzt sank die Nacht schon schnell – das war unsere Stunde, deren Schönheit ich bis dahin nie geahnt hatte; und ich ging hinaus, wie sich die Diebe einschleichen. Ich hatte mir Nachtvogelaugen zugelegt. Ich bewunderte das bewegtere und höhere Gras, die dichter gewordenen Bäume. Die Nacht höhlte alles, rückte den Boden fort, machte ihn fern und jede Fläche tief. Der glatteste Pfad schien gefährlich. Man hörte überall erwachen, was ein Dasein der Finsternis lebte.

„Wo glaubt dich dein Vater jetzt?“

„Beim Viehhüten, im Stall.“

Dort schlief Alkides, wie ich wußte, ganz nahe bei den Tauben und Hennen; da man ihn abends dort einschloß, so stieg er durch ein Loch im Dach heraus; er bewahrte in seinen Kleidern den heißen Geruch des Geflügels ...

Und sobald das Wild eingesammelt war, versank er plötzlich in der Nacht wie in einer Falltür, ohne eine Abschiedsgeste, ohne mir auch nur „auf morgen“ zu sagen. Ich wußte, ehe er auf den Pachthof zurückging, wo die Hunde für ihn schwiegen, suchte er den kleinen Heurtevent auf und händigte ihm seinen Vorrat ein. Aber wo? das zu ertappen, wollte meinem Verlangen nicht gelingen: Drohungen, Listen scheiterten; die Heurtevents ließen sich nicht nahekommen. Und ich weiß nicht, wo meine Torheit am meisten triumphierte: ein mittelmäßiges Geheimnis verfolgen, das immer vor mir zurückwich? vielleicht sogar aus bloßer Neugier das Geheimnis erfinden? – Aber was fing Alkides an, wenn er mich verließ? Schlief er wirklich auf dem Pachthof? oder machte er den Pächter das nur glauben? Ah! ich hatte mich gut kompromittieren, ich kam zu nichts, als daß ich seinen Respekt nur noch verminderte, ohne sein Vertrauen zu vermehren; und das machte mich zugleich wütend und trostlos ...

Wenn er verschwunden war, so blieb ich plötzlich furchtbar allein; und ich ging quer über die Felder, durch das tauschwere Gras nach Hause, trunken vor Nacht, vor wildem Leben und Anarchie, durchnäßt, schmutzig, bedeckt mit Blättern. Von fern schien mich in der schlafenden Morinière gleichsam ein friedlicher Leuchtturm zu führen, die Lampe meines Arbeitszimmers, wo Marzeline mich eingeschlossen glaubte, oder die im Zimmer von Marzeline, der ich eingeredet hatte, ohne so nachts auszugehen, hätte ich nicht einschlafen können. Es war auch wahr: mir graute vor meinem Bett, und ich hätte die Scheune vorgezogen.

Das Wild war dieses Jahr in Fülle vorhanden. Kaninchen, Hasen, Fasanen folgten sich. Als er alles nach Wunsch gehen sah, fand Bute nach drei Abenden Geschmack daran, sich uns anzuschließen.

Am sechsten Abend des Wilderns fanden wir von zwölf Schlingen nur noch zwei wieder; während des Tages war eine Aufhebung vorgenommen. Bute bat mich um hundert Sous, um Kupferdraht kaufen zu können, denn der Eisendraht sei nichts wert.

Am Tage darauf hatte ich das Vergnügen, meine zehn Schlingen bei Bocage zu finden, und ich mußte seinen Eifer loben. Das stärkste war, daß ich im vergangenen Jahr für jede aufgehobene Schlinge zehn Sous versprochen hatte; ich mußte Bocage also hundert geben. Unterdessen kauft Bute mit seinen hundert Sous Kupferdraht. Vier Tage darauf, dieselbe Geschichte; zehn neue Schlingen sind aufgehoben. Das sind wieder hundert Sous für Bute; wieder hundert Sous für Bocage. Und als ich ihn beglückwünsche, sagt er:

„Nicht mir muß man Glück wünschen. Alkides."

„Bah! –" Zu großes Erstaunen kann uns verderben: ich halte mich zurück.

„Ja," fährt Bocage fort; „was wollen Sie, gnädiger Herr, ich werde alt und bin vom Pachthof zu sehr in Anspruch genommen. Der Kleine läuft die Wälder für mich ab, er kennt sie; er ist schlau, und er weiß besser als ich, wo man die Schlingen suchen muß, um sie zu finden."

„Das glaube ich ohne Mühe, Bocage."

„Und da gebe ich ihm von den zehn Sous, die der Herr gibt, pro Schlinge fünf ab."

„Ohne Zweifel verdient er sie. Bei Gott! Zwanzig Schlingen in fünf Tagen! Er hat tüchtig gearbeitet. Die Wilddiebe können nur aufhören. Sie werden sich ausruhen, wette ich."

„O, gnädiger Herr, je mehr man ihnen wegnimmt, um so mehr findet man. Das Wild wird teuer bezahlt dies Jahr, und für die paar Sous, die das kostet ..."

Mir ist so gut mitgespielt, daß ich Bocage um ein Haar für mitschuldig halten könnte. Und was mich an der Sache aufbringt, das ist nicht das dreifache Geschäft des Alkides, sondern daß ich sehen muß, wie er mich so täuscht. Und dann, was machen sie mit dem Geld, Bute und er? Ich weiß nichts, werde nie etwas von solchen Wesen wissen. Sie werden immer lügen; werden mich betrügen. An diesem Abend gebe ich Bute nicht hundert Sous, sondern zehn Franken: ich sage ihm, es sei das letzte

Mal, und wenn die Schlingen wieder aufgehoben würden, um so schlimmer.

Am folgenden Tage sehe ich Bocage kommen; er scheint sehr verlegen; ich werde es alsbald noch mehr als er. Was ist nur geschehen? Und Bocage sagt mir, Bute sei erst in der Morgendämmerung zum Pachthof zurückgekommen; Bute ist betrunken wie ein Pole; nach den ersten Worten, die Bocage ihm gesagt hat, hat Bute ihn in schmutziger Weise beschimpft, hat sich dann auf ihn geworfen, hat ihn geschlagen ...

„Kurz," sagt Bocage, „ich wollte wissen, ob der Herr mich ermächtigen" (er verweilt einen Moment auf dem Wort), „mich ermächtigen, ihn fortzuschicken."

„Ich werde es mir überlegen, Bocage. Ich bin sehr trostlos, daß er es Ihnen gegenüber hat an Respekt fehlen lassen. Ich sehe ... Lassen Sie mich allein, um zu überlegen; und kommen Sie in zwei Stunden wieder hierher." –

Bocage geht hinaus.

Bute behalten, hieße peinlich an Bocage fehlen; Bute fortjagen, heißt ihn zur Rache treiben ... Um so schlimmer; mag kommen, was kommen kann; ohnehin bin ich der einzig Schuldige ... Und als Bocage zurückkommt:

„Sie können Bute sagen, daß man ihn hier nicht mehr sehen will."

Dann warte ich. Was tut Bocage? Was sagt Bute? – Und erst am Abend dringt ein Echo des Skandals zu mir. Bute hat geredet. Ich entnehme das zunächst dem Geschrei, das ich bei Bocage höre; man schlägt den kleinen Alkides. – Bocage wird kommen; er kommt; ich höre seinen alten Schritt nahen, und das Herz pocht mir noch stärker, als es mir um das Wild gepocht hat. Der unerträgliche Moment! Alle großen Gefühle werden statthaft sein; ich werde gezwungen sein, die Sache ernst zu nehmen. Welche Erklärungen erfinden? Wie schlecht ich spielen werde! Ah! ich wollte meine Rolle abgeben ... Bocage tritt ein. Ich verstehe streng nichts von allem, was er sagt. Es ist absurd: ich muß ihn noch einmal anfangen lassen. Schließlich wird mir dieses klar; Er glaubt, daß Bute allein schuldig ist; die unglaubliche Wahrheit sieht er nicht; ich soll Bute zehn Franken gegeben haben, und wozu? er ist zu sehr Normanne, um es zuzugeben. Die zehn Franken hat Bute gestohlen, das ist sicher; wenn er behauptet, ich habe sie ihm gegeben, so fügt er zum Diebstahl die Lüge hinzu; eine Geschichte, um seinen Diebstahl zu verdecken; nicht Bocage kann man solche Sachen weismachen! ... Von dem Wildern ist keine Rede mehr. Wenn Bocage Alkides schlug, so geschah es, weil der Kleine anderswohin schlafen ging.

Also! ich bin gerettet; vor Bocage wenigstens geht alles gut. Was für ein Dummkopf, dieser Bute!

Aber wahrhaftig, abends hatte ich keine große Lust zu wildern.

Ich glaubte schon, alles sei zu Ende, aber eine Stunde darauf kommt Karl. Er sieht nicht aus, als ob er scherze; schon von fern sieht er noch langweiliger aus als sein Vater. Und zu denken, daß ich vergangenes Jahr ...

„Nun! Karl, dich hat man ja lange nicht mehr gesehen."

„Wenn dem Herrn daran lag, mich zu sehen, brauchte er nur auf den Pachthof kommen. Ich habe es bei Gott weder mit dem Wald noch mit der Nacht zu tun."

„Ah! dein Vater hat dir erzählt ..."

„Mein Vater hat mir nichts erzählt, weil mein Vater nichts weiß. Wozu braucht er in seinem Alter erfahren, daß sein Herr sich über ihn lustig macht?"

„Achtung, Karl! du gehst zu weit ..."

„O! bei Gott, Sie sind der Herr! und Sie tun, was Ihnen gefällt."

„Karl, du weißt recht gut, daß ich mich über niemanden lustig gemacht habe, und wenn ich tue, was mir gefällt, so geschieht es, weil es niemandem schadet als mir."

Er zuckte leicht mit den Schultern.

„Wie wollen Sie, daß man Ihre Interessen verteidigt, wenn Sie sie selber angreifen? Sie können nicht zugleich den Aufseher und den Wilddieb schützen."

„Warum nicht?"

„Weil dann ... ah! halt, gnädiger Herr, all das ist für mich zu schlau, und es gefällt mir einfach nicht, meinen Herrn sich mit denen verbünden zu sehen, die man verhaftet, und mit ihnen die Arbeit vernichten, die man für ihn getan hat."

Und Karl sagt das mit immer sichererer Stimme. Er hält sich fast edel. Ich bemerke, daß er sich den Bart hat schneiden lassen. Was er sagt, ist außerdem ziemlich berechtigt. Und da ich schweige (was sollte ich ihm auch sagen?), fährt er fort:

„Daß man Pflichten gegen das hat, was man besitzt, haben der Herr mich letztes Jahr gelehrt, scheinen es aber vergessen zu haben. Diese Pflichten muß man ernst nehmen und darauf verzichten, mit ... oder sonst hat man nicht verdient, zu besitzen."

Ein Schweigen.

„Das ist alles, was du zu sagen hattest?"

„Für heute abend, ja, gnädiger Herr; aber wenn der Herr mich dazu treiben, werde ich eines andern Abends vielleicht dem Herrn sagen kommen, daß mein Vater und ich die Morinière verlassen."

Und er geht hinaus, indem er mich sehr tief grüßt. Kaum, daß ich mir die Zeit nehme zu überlegen:

„Karl!" – Er hat bei Gott recht ... O! O! Aber wenn das ist, was man besitzen nennt! ... „Karl!" Und ich laufe ihm nach; ich fasse ihn im Dunkel, und sehr schnell, wie um meine plötzliche Entscheidung zu befestigen:

„Du kannst deinem Vater melden, daß ich die Morinière zum Verkauf ausbiete."

Karl grüßt ernst und entfernt sich, ohne ein Wort zu sagen.

All das ist absurd! absurd!

Marzeline kann an diesem Abend nicht zu Tisch herunterkommen und läßt mir sagen, daß sie leidend ist. Ich steige eilig und voller Besorgnis in ihr Zimmer hinauf. Sie beruhigt mich alsbald. „Es ist nur ein Schnupfen," hofft sie. Sie hat sich erkältet.

„Hast du dich denn nicht einhüllen können?"

„Aber ich habe beim ersten Schaudern den Schal genommen."

„Nicht nach dem Schaudern mußtest du ihn nehmen, vorher."

Sie sieht mich an, versucht zu lächeln ... Ah! vielleicht drängt mich ein so schlecht begonnener Tag zur Angst – sie hätte mir mit lauter Stimme sagen können: „Liegt dir denn so viel daran, daß ich lebe?" und ich hätte sie nicht besser verstanden. Offenbar löst sich alles um mich auf; von allem, was meine Hand erfaßt, weiß meine Hand nichts zu halten ... Ich stürze zu Marzeline und bedecke ihre blassen Schläfen mit Küssen. Da kann sie sich nicht mehr halten und schluchzt mir auf der Schulter.

„O! Marzeline! Marzeline! Laß uns fort von hier. Anderswo werde ich dich lieben, wie ich dich in Sorrent geliebt habe ... Du hast mich für verändert gehalten, nicht wahr? Aber anderswo wirst du bald fühlen, daß unsere Liebe nichts verändert hat ..."

Und ich heile ihre Traurigkeit noch nicht, aber wie klammert sie sich schon an die Hoffnung an!

Die Jahreszeit war noch nicht vorgerückt, aber es war feucht und kalt, und schon verfaulten die letzten Knospen der Rosenstöcke, ohne aufblühen zu können. Unsere Gäste hatten uns schon längst verlassen. Marzeline war nicht so leidend, daß sie sich nicht mit dem Schluß des Hauses hätte befassen können, und fünf Tage darauf fuhren wir fort.

Dritter Teil

Ich versuchte also noch einmal, meine Hand um meine Liebe zu schließen. Aber was hatte ich ein ruhiges Glück nötig? Das Glück, das Marzeline mir gab und das Marzeline für mich vertrat, war wie eine Ruhe für den, der sich nicht ermüdet fühlt. – Aber da ich fühlte, sie war müde und sie hatte meine Liebe nötig, so hüllte ich sie darin ein und tat, als geschehe es, weil ich sie selber nötig hätte. Ich fühlte ihr Leiden unerträglich; um sie davon zu heilen, liebte ich sie.

Ah! leidenschaftliche Sorgen, zärtliche Nachtwachen! Wie andere ihren Glauben steigern, indem sie seine Übungen übertreiben, so entwickelte ich meine Liebe. – Und Marzeline, sage ich euch, gewann sofort wieder Freude an der Hoffnung. In ihr war noch so viel Jugend; in mir, glaubte sie, so viel Versprechen. – Wir flohen aus Paris wie zu neuer Hochzeit. Aber gleich am ersten Tage der Reise begann es ihr viel schlechter zu gehen; schon in Neufchâtel mußten wir Halt machen.

Wie lieb gewann ich diesen See mit den meergrünen Ufern! ohne alles Alpestre – und seine Wasser mischen sich, denen eines Sumpfes gleich, weithin dem Lande und sickern zwischen Schilfrohr durch. Ich konnte für Marzeline in einem recht behaglichen Hotel ein Zimmer mit Aussicht auf den See bekommen; ich verließ sie den ganzen Tag lang nicht.

Es ging ihr so wenig gut, daß ich schon am folgenden Tage einen Doktor aus Lausanne kommen ließ. Er suchte voll Unruhe, ziemlich unnützerweise, zu erfahren, ob ich in der Familie meiner Frau schon andere Fälle von Schwindsucht kenne. Ich antwortete: ja; und doch kannte ich keine; aber ich mochte nicht sagen, daß ich mit ihr selber schon fast aufgegeben gewesen war, und daß Marzeline, ehe sie mich gepflegt hatte, nie krank gewesen war. Und ich schob alles auf die Arterienverstopfung, obgleich der Arzt darin nur einen zufälligen Anlaß sehen wollte und mir versicherte, das Übel datiere von früher. Er riet uns lebhaft zur freien Luft der Hochalpen, wo Marzeline, behauptete er, gesund werden würde; und da mein Wunsch gerade war, den ganzen

Winter im Engadin zu verbringen, so brachen wir wieder auf, sowie Marzeline sich nur wohl genug befand, um die Reise auszuhalten.

Ich erinnere mich jeder Empfindung unterwegs wie eines Ereignisses. Das Wetter war klar und kalt; wir hatten die wärmsten Pelze mitgenommen ... In Chur hinderte uns der unaufhörliche Lärm im Hotel fast völlig am Schlafen. Ich hätte mich schon gern in eine schlaflose Nacht gefügt, von der ich mich nicht müde gefühlt hätte; aber Marzeline ... Und ich ärgerte mich nicht so sehr über diesen Lärm wie darüber, daß sie nicht trotz des Lärms Schlaf zu finden verstanden hatte. Sie hatte ihn so sehr nötig! – Am Tage darauf fuhren wir schon vor der Morgenröte fort; wir hätten die Coupéplätze in der Churer Post belegt; gut organisierter Pferdewechsel gestattet, St. Moritz in einem Tage zu erreichen.

Tiefenkasten, der Julier, Samaden ... ich weiß noch alles, Stunde für Stunde; ich erinnere mich des sehr neuen Charakters und der Rauheit der Luft; des Glockentons der Pferde; meines Hungers; des Halts am Mittag vor dem Gasthof; des rohen Eis, das ich mir in die Suppe schlug; des Schwarzbrots und der Kälte des sauren Weins. – Diese groben Gerichte sagten Marzeline schlecht zu; sie konnte fast nichts essen als ein paar Biskuits, die ich zum Glück für unterwegs mitzunehmen vorsichtig genug gewesen war. – Ich sehe noch die Neige des Tages, das rasche Steigen des Schattens gegen die Waldhänge; dann noch ein Halt. Die Luft wird immer lebhafter und schärfer. Wenn die Post anhält, taucht man bis ans Herz in die Nacht und in das klare Schweigen; klar ... es gibt kein anderes Wort. Das geringste Geräusch tritt über dieser seltsamen Durchsichtigkeit in den Zustand seiner Vollendung und nimmt seine ganze Klangfülle an. Man fährt weiter in die Nacht hinein. Marzeline hustet. O! wird sie nicht aufhören zu husten? Ich denke wieder an die Post von Susa. Mir scheint, ich hustete besser: Sie macht zuviel Anstrengungen ... Wie schwach sie erscheint, und wie verändert; so, im Schatten, erkenne ich sie kaum. Wie lang ihre Züge gezogen sind! Hat man die beiden schwarzen Löcher ihrer Nase immer so gesehen? – O! sie hustet scheußlich. Es ist das klarste Resultat ihrer Pflege. Mir graut vor der Sympathie; dahinein verbirgt sich jede Ansteckung; man sollte nur mit den Starken sympathisieren. – O!

wahrhaftig, sie kann nicht mehr! Werden wir noch nicht bald da sein? … Was macht sie? … Sie nimmt ihr Taschentuch, führt es sich an die Lippen, wendet sich ab … Grauen! will auch sie Blut spucken? – Ich reiße ihr das Taschentuch brutal aus den Händen. Im Halblicht der Laterne sehe ich es an … Nichts. Aber ich habe meine Angst zu sehr gezeigt; Marzeline zwingt sich traurig zu lächeln und murmelt:

„Nein, noch nicht.“

Endlich sind wir da. Es ist auch Zeit; sie hält sich kaum noch. Die Zimmer, die man uns zurechtgemacht hat, genügen mir nicht; wir bringen die Nacht darin zu, dann wollen wir morgen wechseln. Nichts erscheint mir schön genug, nichts zu teuer. Und da die Wintersaison noch nicht begonnen hat, ist das ungeheure Hotel fast leer; ich kann wählen. Ich nehme zwei geräumige, helle und einfach möblierte Zimmer, an die ein großer Salon stößt, der mit einem breiten *bow-window* abschließt, von wo aus man den häßlichen blauen See und ich weiß nicht welchen brutalen Berg sehen kann, dessen Hänge entweder zu bewaldet oder zu kahl sind. Dort soll man uns unsere Mahlzeiten servieren. Die Wohnung ist unverhältnismäßig teuer, aber was tut mir das! Ich habe freilich mein Kolleg nicht mehr, aber ich lasse die Morinière verkaufen. Und dann werden wir schon sehen … Wozu brauche ich übrigens Geld? Wozu brauche ich all das? … Ich bin jetzt stark geworden … Ich glaube, ein vollständiger Vermögenswechsel muß ebensosehr erziehen wie ein vollständiger Gesundheitswechsel … Marzeline, die hat Luxus nötig; sie ist schwach … ah! für sie will ich so viel ausgeben und so lange … Und mir graute vor diesem Luxus zugleich, während ich Geschmack an ihm fand. Ich wusch, ich badete meine Sinnlichkeit darin und wünschte dann, daß sie schweifend würde.

Unterdessen ging es Marzeline besser, und meine beständige Pflege triumphierte. Da es ihr schwer wurde, zu essen, bestellte ich, um ihren Appetit zu reizen, delikate, verlockende Gerichte; wir tranken die besten Weine. Ich überredete mich, sie finde großen Geschmack daran, solchen Spaß machten mir diese fremden Gewächse, die wir Tag für Tag probierten. Wir hatten herbe Rheinweine; fast sirupdicke Tokayer, die mich mit ihrer berauschenden Kraft erfüllten. Ich erinnere mich eines bizarren Barba-grisca, von dem nur noch eine Flasche da war, so daß ich nicht erfahren konnte, ob der ungereimte Geschmack sich auch in den anderen gefunden hätte.

Tag für Tag fuhren wir im Wagen aus; dann im Schlitten, als der Schnee gefallen war, eingehüllt bis an den Hals in Pelze. Ich kam mit brennendem Gesicht nach Hause, voll Appetit, und dann voll Schlummer. – Doch verzichtete ich nicht auf alle Arbeit und fand jeden Tag mehr als eine Stunde, um über das nachzudenken, was ich, wie ich fühlte, sagen mußte. Von der Geschichte war keine Rede mehr; seit langem schon interessierten mich meine Geschichtsstudien nur noch als ein Mittel zu psychologischer Forschung. Ich habe schon gesagt, wie ich mich hatte von neuem für die Vergangenheit interessieren können, als ich dunkle Parallelen in ihr zu finden glaubte; ich hatte es gewagt, indem ich die Toten bedrängte, von ihnen einen geheimen Wink über das Leben zu fordern ... Jetzt hätte der junge Athalarich selber, um zu mir zu reden, aus seinem Grabe steigen können; ich hörte nicht mehr auf die Vergangenheit. – Und wie hätte eine alte Antwort meiner neuen Frage genügen sollen: – Was kann der Mensch noch? Das zu erfahren, darauf kam es mir an. Was der Mensch bis hierher gesagt hat, ist das alles, was er sagen konnte? Hat er nichts von sich übersehen? Bleibt ihm nur noch zu wiederholen? ... Und von Tag zu Tag wuchs, in mir das wirre Gefühl von unberührten Reichtümern, die von Kulturen, Sitten, Moralen verdeckt, versteckt, erstickt waren.

Da schien es mir, ich sei für eine unbekannte Art von Funden geboren; und ich ereiferte mich seltsam auf meiner Suche in der Finsternis, für die, wie ich weiß, der Sucher Kultur, Sitte und Moral abschwören und von sich stoßen mußte.

Ich kam so weit, daß ich in anderen nur noch die wildesten Kundgebungen genoß, daß ich beklagte, daß irgendein Zwang sie unterdrückte. Um ein Geringes hätte ich in der Ehrlichkeit nur noch Einschränkungen, Konventionen oder Furcht gesehen. Es hätte mir gefallen, sie als eine seltene Schwierigkeit zu hegen; unsere Sitten hatten die gegenseitige und banale Form eines Kontrakts daraus gemacht. In der Schweiz bildet sie einen Teil des Komforts. Ich begriff, daß Marzeline sie nötig hatte; aber ich verbarg ihr trotzdem den neuen Gang meiner Gedanken nicht. Schon in Neuchâtel hatte sie diese Ehrlichkeit gelobt, die da unten aus den Mauern und Gesichtern schwitzt:

„Meine genügt mir reichlich,“ antwortete ich; „mir graut vor den ehrlichen Leuten. Wenn ich von ihnen nichts zu fürchten habe, so habe ich auch nichts von ihnen zu lernen. Und übrigens haben sie nichts zu sagen … Das ehrliche Schweizervolk! Die Gesundheit bringt ihm nichts ein … ohne Verbrechen, ohne Geschichte, ohne Literatur, ohne Künste … ein kräftiger Rosenstock, ohne Dornen und Blüten …“

Und daß dieses ehrliche Land mich langweilen würde, hatte ich vorausgewußt, aber nach zwei Monaten wurde diese Langeweile zu einer Art Wut, und ich dachte an nichts mehr als an Aufbruch.

Es war Mitte Januar. Marzeline ging es besser, viel besser; das beständige leichte Fieber, das sie langsam untergrub, war erloschen; ein frischeres Blut färbte ihre Wangen wieder; sie ging wieder gern, wenn auch wenig; war nicht mehr wie vorher fortwährend müde. Es wurde mir nicht sehr schwer, sie zu überreden, die gute Wirkung dieser kräftigenden Luft sei erlangt, nichts werde ihr jetzt besser tun, als nach Italien hinunterzugehen, wo die laue Kraft des Frühlings sie vollends gesund machen werde – und vor allem wurde es mir nicht schwer, mich selber davon zu überzeugen, so müde war ich dieser Höhen.

Und doch bedrängen mich jetzt, wo die verabscheute Vergangenheit in meiner Untätigkeit neue Kraft annimmt, diese Erinnerungen unter all den anderen. Schnelle Fahrten im Schlitten; freudiges Peitschen trockener Luft, Spritzen des Schnees; Appetit; – ungewisser Marsch im Nebel, wunderliche Klangfülle der Stimmen, plötzliches Erscheinen der Dinge; – Lektüre im gut gewärmten Salon, Landschaft durch das Fenster, Eislandschaft; – tragische Erwartung des Schnees; – Verschwinden der äußeren Welt, wollüstiges Sich-Schmiegen der Gedanken … O, noch mit ihr Schlittschuhlaufen, da unten, allein, auf diesem kleinen, klaren, von

Lärchen umgebenen, verlorenen See; dann mit ihr nach Hause kommen, am Abend ...

Dieser Abstieg nach Italien hinein hatte für mich allen Schwindel eines Sturzes. Es war schön. Im Maße, wie wir in die lauere und dichtere Luft versanken, wichen die starren Bäume der Höhen, die Lärchen und gleichmäßigen Tannen, einer reichen Vegetation von weicher Anmut und Ungezwungenheit. Mir war, als vertauschte ich die Abstraktion mit dem Leben, und obwohl wir im Winter waren, meinte ich überall Düfte zu riechen. Ah! seit zu lange hatten wir nur noch im Schatten gelacht! Meine Entbehrung berauschte mich, und ich war trunken vom Durst, wie andere es vom Weine sind. Die Mäßigung meines Lebens war wundervoll; auf der Schwelle dieser toleranten und versprecherischen Erde brachen alle meine Begierden aus. Eine ungeheure Reserve an Liebe schwellte mich; bisweilen strömte sie mir vom Grunde des Fleisches zum Kopf und machte meine Gedanken schamlos.

Diese Illusion des Frühlings dauerte nicht lange. Der plötzliche Höhenwechsel hatte mich einen Moment täuschen können, aber sobald wir die geschützten Ufer der Seen, Bellagio, Como verlassen hatten, wo wir uns ein paar Tage aufhielten, fanden wir den Winter und den Regen. Die Kälte, die wir im Engadin gut ausgehalten hatten, begann jetzt, nicht mehr trocken und leicht wie auf den Höhen, sondern feucht und trüb, uns Leiden zu machen. Marzeline begann wieder zu husten. Da gingen wir, um die Kälte zu fliehen, weiter nach Süden hinab: wir vertauschten Mailand mit Florenz, Florenz mit Rom, Rom mit Neapel, das unter dem Winter regen wohl die düsterste Stadt ist, die ich kenne. Ich schleppte an einer namenlosen Langeweile. Wir gingen nach Rom zurück und suchten in Ermangelung der Wärme einen Anschein von Komfort. Auf dem Monte Pincio mieteten wir eine zu weiträumige, aber wundervoll gelegene Wohnung. Schon in Florenz hatten wir, mit den Hotels unzufrieden, auf drei Monate eine entzückende Villa des Viale dei Colli gemietet. Ein anderer hätte ewig dort wohnen wollen ... Wir blieben keine zwanzig Tage darin. Bei jeder neuen Etappe jedoch sorgte ich dafür, alles einzurichten, als sollten wir nie wieder fort. Mich trieb ein stärkerer Dämon ... Nehmt hinzu, daß wir nicht weniger als acht große Koffer hatten. Einer davon war voller Bücher, und während der ganzen Reise habe ich ihn nicht ein einziges Mal geöffnet.

Ich ließ nicht zu, daß Marzeline sich mit unseren Ausgaben befaßte, noch versuchte, sie zu mäßigen. Daß sie übertrieben waren, das wußte ich sicherlich, ebenso wie, daß sie nicht dauern konnten. Ich rechnete nicht mehr auf das Geld der Morinière; sie brachte nichts mehr ein, und Bocage schrieb, er finde keinen Käufer. Aber jeder Gedanke an die Zukunft trug nur dazu bei, daß ich noch mehr ausgab. Ah! wozu sollte ich, einmal allein, so viel brauchen! ... dachte ich, und ich beobachtete voller Angst und Erwartung, wie, schneller noch als mein Vermögen, Marzelinens gebrechliches Leben abnahm.

Obgleich sie sich in allen Besorgungen auf mich verließ, ermatteten sie diese übereilten Ortswechsel doch; aber noch mehr ermattete sie, jetzt wage ich es mir wohl zu gestehen, die Furcht vor meinen Gedanken.

„Ich sehe wohl," sagte sie eines Tages zu mir – „ich verstehe deine Lehre wohl – denn mittlerweile ist es eine Lehre. Sie ist vielleicht schön" – und dann fügte sie leiser, traurig hinzu: „aber sie unterdrückt die Schwachen."

„Das tut not," antwortete ich sofort unwillkürlich.

Da war mir, als fühlte ich dieses zarte Wesen sich unter dem Schreck über mein brutales Wort in sich zurückfalten und frösteln ... Ah! vielleicht werdet ihr meinen, ich liebte Marzeline nicht. Ich schwöre, ich liebte sie leidenschaftlich. Nie war sie so schön gewesen und nie mir so schön erschienen. Die Krankheit hatte ihre Züge feiner gemacht und gleichsam verklärt. Ich verließ sie fast nicht mehr, umgab sie mit beständiger Sorge, beschützte, bewachte jeden Augenblick so ihrer Tage wie ihrer Nächte. Wenn ich sie bisweilen eine Stunde allein ließ und auf der Campagna oder in den Straßen spazieren gehen wollte, da riefen mich, ich weiß nicht welche Sorge der Liebe und die Furcht vor ihrer Langeweile schnell zu ihr zurück; und bisweilen rief ich meinen Willen auf, protestierte gegen diese Aneignung, sagte mir: bist du nicht mehr wert, falscher großer Mann! – und zwang mich, meine Abwesenheit in die Länge zu ziehen; – aber dann kam ich nach Haus, die Arme mit Blumen beladen, frühzeitigen Gartenblumen oder Treibhausblumen ... Ja, sage ich euch; ich liebte sie zärtlich. Aber wie dies ausdrücken ... in dem Maße, wie ich mich weniger achtete, verehrte ich sie mehr; – und wer will sagen, wieviel Leidenschaften und wieviel feindliche Gedanken im Menschen beisammen wohnen können? ...

Seit langem schon hatte das schlechte Wetter aufgehört; die Jahreszeit rückte vor; und plötzlich begannen die Mandeln zu blühen. – Es war am ersten März. Ich stieg morgens auf den Spanischen Platz hinab. Die Bauern haben die Campagna ihrer weißen Äste beraubt, und die Mandelblüten füllen die Körbe der Verkäufer. Mein Entzücken ist so groß, daß ich ein ganzes Gebüsch davon kaufe. Drei Leute tragen es mir. Ich komme mit diesem ganzen Frühling nach Haus. Die Zweige bleiben in den Türen hängen, die Blütenblätter schneien auf den Teppich. Ich stecke sie überall hin, in alle Vasen; ich mache den Salon mit ihnen weiß, indessen Marzeline für den Moment nicht drinnen ist. Schon freue ich mich über ihre Freude ... Ich höre sie kommen. Da ist sie. Sie macht die Türe auf. Was hat sie? ... Sie schwankt ... Sie bricht in Schluchzen aus.

„Was hast du? meine arme Marzeline ...“

Ich bemühe mich um sie, bedecke sie mit zärtlichen Liebkosungen. Da sagt sie, als wolle sie sich wegen ihrer Tränen entschuldigen:

„Der Duft dieser Blumen macht mir schlecht.“

Und es war ein feiner, feiner, ein diskreter Honiggeruch ... Ohne ein Wort zu sagen, fasse ich diese unschuldigen, gebrechlichen Zweige, zerbreche sie, trage sie fort und werfe sie hin, erbittert, das Blut in den Augen. – Ah! wenn sie schon so wenig Frühling nicht mehr ertragen kann! ...

Oft denke ich an diese Tränen zurück, und ich glaube jetzt, sie fühlte sich schon aufgegeben, und sie weinte aus Sehnsucht nach anderen Frühlingen. – Ich meine auch, es gibt starke Freuden für die Starken und schwache Freuden für die Schwachen, die die starken Freuden verletzen würden. Sie berauschte ein Nichts des Vergnügens; ein wenig Glanz mehr, und sie konnte es nicht mehr ertragen. Was sie das Glück nannte, das war, was ich die Ruhe nannte; und ich wollte und konnte nicht ruhen.

Vier Tage darauf brachen wir wieder nach Sorrent auf. Ich war enttäuscht, dort nicht mehr Wärme zu finden. Alles schien zu frösteln. Der Wind, der zu blasen nicht aufhörte, ermüdete Marzeline sehr. Wir hatten im selben Hotel wie bei unserer ersten Reise absteigen wollen; wir fanden dasselbe Zimmer wieder ... Wir blickten unter dem trüben Himmel mit Staunen auf all den entzauberten Zierat und auf den düsteren Hotelgarten, der uns so reizend erschienen war, als unsere Liebe darinnen ging.

Wir beschlossen, zu Meer nach Palermo zu fahren, dessen Klima man uns rühmte; wir kehrten nach Neapel zurück, wo wir uns einschiffen mußten, und wo wir uns noch aufhielten. Aber in Neapel langweilte ich mich wenigstens nicht. Neapel ist eine lebende Stadt, wo die Vergangenheit sich nicht aufdrängt.

Fast alle Momente des Tages blieb ich bei Marzeline. Abends legte sie sich früh, da sie müde war; ich wachte bei ihr, bis sie einschlief, legte mich bisweilen auch selber nieder, dann aber, wenn ihr gleichmäßiger Atem mir sagte, daß sie schlief, so stand ich geräuschlos wieder auf so zog ich mich ohne Licht wieder an; ich glitt wie ein Dieb hinaus.

Draußen! o! ich hätte vor Jubel schreien können. Was wollte ich? Ich weiß es nicht. Der Himmel, der am Tage finster war, hatte sich der Wolken entledigt; der fast volle Mond leuchtete. Ich ging aufs Geratewohl dahin, ohne Ziel, ohne Wunsch, ohne Zwang. Ich sah alles mit neuem Auge an; ich belauerte jedes Geräusch mit aufmerksamerem Ohr; ich sog die Feuchtigkeit der Nacht in mich; ich legte meine Hand auf die Dinge; ich strich umher.

Den letzten Abend, den wir in Neapel blieben, dehnte ich diese landstreicherische Wollust aus. Als ich nach Hause kam, fand ich Marzeline in Tränen. Sie hatte Angst gehabt, sagte sie, da sie plötzlich aufgewacht sei und mich nicht mehr da gefühlt habe. Ich beruhigte sie, erklärte meine Abwesenheit so gut ich konnte, und versprach mir, sie nicht mehr zu verlassen. – Aber schon die erste Nacht in Palermo konnte ich es nicht mehr aushalten; ich ging aus ... Die ersten Orangen blühten; der leiseste Hauch trug ihren Duft herbei ...

Wir blieben in Palermo nur fünf Tage; dann fuhren wir auf einem großen Umwege wieder nach Taormina, das wir alle beide wiederzusehen wünschten. Sagte ich schon, daß das Dorf ziemlich hoch auf dem Berge liegt? der Bahnhof liegt am Rande des Meeres. Der Wagen, der uns ins Hotel brachte, sollte mich gleich wieder mit nach dem Bahnhof nehmen, wo ich unsere Koffer erheben wollte. Ich war im Wagen stehen geblieben, um mit dem Kutscher zu plaudern. Es war ein kleiner Sizilianer aus Catania, schön wie ein Vers Theokrits, strahlend, duftend, würzig wie eine Frucht.

„Com'è bella la Signora!" sagte er mit entzückender Stimme, indem er Marzeline nachsah, als sie sich entfernte.

„Anche tu sei bello, ragazzo," antwortete ich; und da ich zu ihm geneigt stand, konnte ich mich nicht halten und zog ihn bald an mich und küßte ihn. Er ließ es lachend geschehen.

„I Francesi sono tutti amanti," sagte er,

„Ma non tutti gli Italiani amati," antwortete ich gleichfalls lachend. „... Ich habe ihn die folgenden Tage gesucht, aber es wollte mir nicht gelingen, ihn wiederzusehen.

Wir gingen von Taormina nach Syrakus. Wir gingen Schritt für Schritt auf unserer ersten Reise zurück, stiegen bis zum Ausgangspunkt unserer Liebe zurück. Und ebenso wie ich zur Zeit unserer ersten Reise von Woche zu Woche auf die Genesung zuschritt, so verschlimmerte sich Marzelinens Zustand von Woche zu Woche in dem Maße, wie wir nach Süden kamen.

In welcher Verwirrung, welcher hartnäckigen Verblendung, welcher willkürlichen Torheit überredete ich mich und suchte ich vor allem sie zu überreden, sie brauche noch mehr Licht und Wärme, rief ich die Erinnerung meiner Genesung zu Biskra an? ... Und doch war die Luft lauer geworden; die Bucht von Palermo ist mild, und Marzeline gefiel sich dort. Da wäre sie vielleicht … Aber war ich Herr, meinen Willen zu wählen? über meinen Wunsch zu entscheiden?

In Syrakus zwang uns der Zustand des Meeres und der unregelmäßige Dampferdienst, acht Tage zu warten. All die Momente, die ich nicht bei Marzeline verbrachte, verbrachte ich im alten Hafen. O, der kleine Hafen von Syrakus! die Gerüche von sauer gewordenem Wein, die kotigen Gassen, die stinkige Bude, wo sich Auslader, Landstreicher und betrunkene Matrosen wälzten. Die Bande der schlimmsten Leute war mir köstliche Gesellschaft. Und wozu brauchte ich ihre Sprache gut verstehen, wenn ich sie mit meinem ganzen Fleisch genoß? Noch die Brutalität der Leidenschaft nahm dort für meine Augen den heuchlerischen Schein der Gesundheit, der Kraft an. Und ich mochte mir noch so oft sagen, ihr elendes Leben könne für sie nicht den Geschmack haben, den es für mich annahm … Ah! ich hätte mich mit ihnen unter dem Tisch wälzen mögen und erst beim traurigen Morgenfrösteln erwachen. Und ich trieb in ihrer Nähe mein wachsendes Grauen vor dem Luxus, vor dem Komfort, vor allem, womit ich mich umgeben hatte, vor diesem Schutz, den meine neue Gesundheit mir unnötig zu machen verstanden hatte, vor allen diesen Vorsichtsmaßregeln, die man ergreift, um seinen Körper vor dem gefährlichen Kontakt mit dem Leben zu bewahren, aufs äußerste. Ich stellte mir ihr Dasein weiter vor. Ich hätte ihnen weiter folgen mögen, eindringen in ihre Trunkenheit … Dann sah ich plötzlich Marzeline wieder. Was tat sie in diesem Moment? Sie litt, weinte vielleicht … Ich stand in Eile auf; ich lief; ich kehrte ins Hotel zurück, wo auf der Tür geschrieben schien: Den Armen ist der Eintritt verboten.

Marzeline empfing mich immer gleich; ohne ein Wort des Vorwurfs oder Zweifels zwang sie sich trotz allem zu lächeln. – Wir nahmen unsere Mahlzeiten für uns; ich ließ ihr das Beste servieren, was das mittelmäßige Hotel noch bewahren konnte. Und während der Mahlzeit dachte ich: ein Stück Brot und Käse, ein Fenchelstengel genügt ihnen und würde mir wie ihnen genügen. Und vielleicht sind da, da ganz nah, Leute zu finden, die Hunger haben, und die nicht einmal diese magere Kost besitzen … Und hier auf meinem Tisch steht, womit man sie auf drei Tage übersättigen könnte! Ich hätte die Mauern aufbersten mögen, die Gäste hereinströmen lassen ... Denn Hunger leiden zu fühlen wurde mir furchtbare Qual. Und ich ging wieder in den alten Hafen, wo ich aufs Geratewohl das Kleingeld verteilte, von dem ich die Taschen voll hatte.

Die Armut des Menschen ist Sklavin; um zu essen, nimmt sie eine Arbeit ohne Freude an: jede Arbeit, die nicht freudig ist, ist beklagenswert, dachte ich, und ich zahlte mehreren die Ruhe. Ich sagte: – „Arbeite doch nicht, das langweilt dich." Ich träumte für jeden jene Muße, ohne die nichts Neues, kein Laster, keine Kunst aufblühen kann.

Marzeline täuschte sich nicht über mein Denken; wenn ich von dem alten Hafen nach Hause kam, verbarg ich ihr nicht, was für traurige Leute mich umgaben. – Alles liegt im Menschen. Marzeline sah recht wohl halb, was aufzudecken ich erpicht war; und als ich ihr vorwarf, sie glaube zu häufig an Tugenden, die sie nach Maßgabe in jedem Wesen erfinde, sagte sie:

„Ja, du bist erst zufrieden, wenn du sie hast ein Laster zeigen lassen. Verstehst du nicht, daß unser Blick bei jedem den Punkt, an den er sich heftet, entwickelt, übertreibt? und daß wir ihn zu werden zwingen, Was wir behaupten, daß er ist?"

Ich hätte gewollt, sie hätte nicht recht gehabt, mußte mir aber doch gestehen, daß mir bei jedem Wesen der schlechteste Instinkt als der aufrichtigste erschien. – Und dann, was nannte ich Aufrichtigkeit?

Schließlich verließen wir Syrakus. Die Erinnerung an das Heimweh nach dem Süden quälte mich. Auf dem Meere ging es Marzeline besser ... Ich sehe noch den Ton des Meeres. Es ist so ruhig, daß die Furche des Schiffes in ihm zu dauern scheint. Ich höre die Geräusche des Abtropfens, die flüssigen Geräusche; das Waschen des Decks, und auf den Planken das Klatschen der nackten Füße der Wäscher, Ich sehe Marzeline ganz weiß; die Annäherung an Tunis ... Wie ich verändert bin!

Es ist heiß. Es ist schön. Alles ist glänzend. Ah! ich wollte, in jedem Satz hier destilliere sich ein Tau der Wollust ... Vergebens würde ich jetzt meiner Erzählung mehr Ordnung aufzuzwingen versuchen, als in meinem Leben vorhanden war. Lange genug habe ich zu sagen versucht, wie ich wurde, was ich bin. Ah! meinen Geist von dieser unerträglichen Logik befreien! ... Ich fühle nur Edles in mir.

Tunis. Licht in größerer Fülle als Kraft. Noch der Schatten ist von ihm erfüllt. Die Luft selber scheint eine leuchtende Flüssigkeit, in der alles sich badet, in die man hinabtaucht, in der man schwimmt. – Dieses Land der Wollust befriedigt, aber stillt nicht das Verlangen, und jede Befriedigung erhöht es.

Ein Land frei von Kunstwerken. Ich verachte die, die nur die schon umschriebene und fertig ausgelegte Schönheit zu erkennen wissen. Das arabische Volk hat dieses Wundervolle, daß es seine Kunst von der Hand in den Mund lebt, singt, verstreut; es fixiert sie nicht und balsamiert sie in keinem Werk ein. Das ist die Ursache und die Wirkung des Fehlens großer Künstler ... Ich habe stets die für die großen Künstler gehalten, die es wagen, so natürlichen Dingen das Schönheitsrecht zu geben, daß nachher, wer sie sieht, sagen muß: „Wie habe ich nicht längst begreifen können, daß dies schön ist?“

Zu Kairuan, das ich noch nicht kannte und wohin ich ohne Marzeline ging, war die Nacht sehr schön. Im Moment, da ich zum Schlafen ins Hotel zurückkehren wollte, erinnerte ich mich einer Gruppe von Arabern, die in freier Luft auf den Matten eines kleinen Cafés gelegen hatten. Ich ging hin, dicht neben ihnen zu schlafen. Ich kam von Ungeziefer bedeckt zurück.

Die feuchte Hitze der Küste schwächte Marzeline sehr, und so überredete ich sie, was not tue, sei, so schnell wie möglich nach Biskra zu kommen. Es war Anfang April.

Diese Reise ist sehr lang. Am ersten Tage fahren wir in einem Zug bis Konstantine; am zweiten Tage ist Marzeline sehr matt, und wir kommen nur bis El Kantara. – Da haben wir gegen Abend einen Schatten gesucht und gefunden, köstlicher und frischer als der Mondschein, die Nacht. Er war wie ein unversiegliches Getränk; er rieselte bis zu uns hin. Und von der Böschung aus, wo wir saßen, sah man die glühende Ebene. Diese Nacht kann Marzeline nicht schlafen; die Fremdartigkeit der Stille und der geringsten Geräusche beunruhigt sie. Ich fürchte, sie hat ein wenig Fieber. Ich höre sie auf ihrem Bette sich rühren. Am folgenden Tage finde ich sie blasser. Wir fahren weiter.

Biskra. Dahin also will ich kommen ... Ja; hier ist der öffentliche Garten; die Bank ... ich erkenne die Bank wieder, auf der ich in den ersten Tagen meiner Genesung saß. Was las ich doch da? ... Homer! Seither habe ich ihn nicht wieder aufgeschlagen. – Da ist der Baum, dessen Rinde ich betastete. Wie schwach ich damals war! ... Sieh! da sind Kinder ... Nein; ich erkenne keines wieder. Wie ernst Marzeline ist! Sie ist ebenso verändert wie ich. Warum hustet sie bei diesem schönen Wetter? – Da ist das Hotel. Da unsere Zimmer; unsere Terrassen. – Was denkt Marzeline? Sie hat noch kein Wort mit mir gesprochen. – Sowie sie in ihrem Zimmer ankommt, legt sie sich aufs Bett; sie ist müde, und sagt, sie wolle ein wenig schlafen. Ich gehe hinaus.

Ich erkenne die Kinder nicht wieder, aber die Kinder erkennen mich wieder. Von meiner Ankunft benachrichtigt, eilen alle herbei. Ist es möglich, daß sie das sind? Welch ein Unglück? Was ist nur geschehen? Sie sind schrecklich gewachsen. In kaum ein wenig über zwei Jahren – das ist nicht möglich ... Welche Strapazen, welche Laster, welche Trägheit hat schon soviel Häßlichkeit auf diese Gesichter gelegt, auf denen soviel Jugend strahlte! Welche gemeine Arbeit hat diese schönen Leiber so schnell gekrümmt? Das ist wie ein Bankerott ... Ich frage. Baschir ist Waschjunge in einem Café; Ashur verdient sich mühsam ein paar Sous, indem er die Kieseln auf den Straßen bricht; Hammatar hat ein Auge verloren. Wer hätte das geglaubt! Sadeck ist ein ordentlicher Mensch geworden; er hilft einem älteren Bruder, auf dem Markt Brot verkaufen; er scheint stupid geworden. Agib hat sich als Schlächter neben seinem Vater auf getan; er wird fett; er ist häßlich; er ist reich; er will mit seinen geringeren Gefährten nicht mehr reden ... Wie blöde die ehrbaren Berufe machen! Soll ich denn bei ihnen wiederfinden, was ich unter uns haßte? – Bubaker? – Er hat sich verheiratet. Er ist noch keine fünfzehn Jahre alt.

Es ist grotesk. – Und doch, nein; ich habe ihn abends wiedergesehen. Er erklärt sich: seine Heirat ist nur eine List. Ich glaube, er ist ein verdammter Wüstling! Aber er trinkt, verunstaltet sich ... Und das ist also alles, was noch da ist? Das also macht das Leben daraus! – Ich fühle an meiner unerträglichen Traurigkeit, daß ich zum großen Teil sie wiederzusehen gekommen war. – Menalkas hatte recht: die Erinnerung ist eine Unglückserfindung.

Und Moktir? – Ah! der kommt aus dem Gefängnis. Er versteckt sich. Die anderen verkehren nicht mehr mit ihm. Ich möchte ihn wiedersehen. Er war der Schönste von ihnen allen; wird er mich auch enttäuschen? ... Man findet ihn wieder. Man bringt ihn mir. – Nein! der hat nicht versagt. Selbst meine Erinnerung zeigte ihn mir nicht so prachtvoll. Seine Kraft und seine Schönheit sind vollendet. Als er mich erkennt, lächelt er.

„Und was hast du denn getan, ehe du im Gefängnis warst?"

„Nichts."

„Du hast gestohlen?"

Er protestiert.

„Was tust du jetzt?"

Er lächelt.

„Eh! Moktir! wenn du nichts zu tun hast, wirst du uns nach Tuggurt begleiten." – Und ich fühle mich plötzlich von dem Verlangen ergriffen, nach Tuggurt zu gehen.

Marzeline geht es nicht gut; ich weiß nicht, was in ihr vorgeht. Als ich abends ins Hotel zurückkehre, drängt sie sich, ohne ein Wort zu sagen, mit geschlossenen Augen gegen mich. Ihr weiter Ärmel, der aufschlägt, zeigt ihren abgemagerten Arm. Ich streichle sie und wiege sie lange wie ein Kind, das man einschläfern will. Ist es die Liebe, oder die Angst, oder das Fieber, was sie so zittern macht? ... Ah! vielleicht wäre es noch Zeit ... Werde ich nicht inne halten? – Ich habe gesucht und habe gefunden, was meinen Wert ausmacht: eine Art Eigensinn im Schlimmsten. – Aber wie komme ich dazu, Marzeline zu sagen, daß wir morgen nach Tuggurt aufbrechen? …

Jetzt schläft sie im Nachbarzimmer. Der Mond, der seit langem aufgegangen ist, überschwemmt jetzt die Terrasse. – Es ist eine fast erschreckende Helle. Man kann sich nicht vor ihr verbergen. Mein Zimmer hat weiße Fliesen, und da vor allem wird sie offenbar. Ihre Flut tritt durch das offene Fenster ein. Ich erkenne die Helle im Zimmer wieder, und auch den Schatten, den die Tür hineinzeichnet. Vor zwei Jahren reichte sie noch weiter … ja, gerade bis dahin, wo sie jetzt vorrückt – da bin ich aufgestanden und habe auf den Schlaf verzichtet. Ich stützte die Schulter gegen den Pfosten dieser Tür da. Ich erkenne die Reglosigkeit der Palmen wieder … Welches Wort habe ich doch an diesem Abend gelesen? … Ah! ja; die Worte Christi an Petrus: „Jetzt gürtest du dich selber und wandelst, wohin du wandeln willst …" Wohin gehe ich? Wohin will ich gehen? … Ich habe euch nicht gesagt, daß ich diesmal von Neapel aus eines Tages allein nach Paestum gefahren war … ah! ich hätte vor diesen Steinen schluchzen können! Die alte Schönheit ging mir auf, einfach, vollkommen, lächelnd – verlassen. Die Kunst geht von mir, ich fühle es. Und um wem Platz zu machen? Es ist nicht mehr wie vorher eine lächelnde Harmonie … Ich kenne den Gott der Finsternis nicht mehr, dem ich diene. O neuer Gott! gewähre mir, daß ich noch neue Rassen, nie gesehene Typen der Schönheit kennen lerne.

Am folgenden Tage führt uns die Post mit Tagesanbruch fort. Moktir ist bei uns. Moktir ist glücklich wie ein König.

Chegga; Kefeldorh'; M'reyer … düstere Etappen auf der noch düstereren, endlosen Straße. Ich hätte mir, ich gestehe es, diese Oasen doch lachender gedacht. Aber nichts mehr als Stein und Sand; dann einige Zwergbüsche mit bizarren Blüten; bisweilen ein Ansatz zu Palmen, die eine verborgene Quelle ernährt … Der Oase ziehe ich jetzt die Wüste vor … dieses Land tödlicher Herrlichkeit und unerträglichen Glanzes. Die Bemühung des Menschen erscheint häßlich darin und elend. Jetzt langweilt mich jedes andere Land.

„Du liebst das Unmenschliche," sagt Marzeline. Aber wie sie selber schaut! und mit welcher Gier!

Am zweiten Tage wird das Wetter ein wenig schlecht; das heißt, der Wind erhebt sich und der Horizont wird trüb. Marzeline leidet; der Sand, den man einatmet, verbrennt, reizt ihr die Kehle; die Überfülle des Lichts ermüdet ihren Blick; diese feindselige Landschaft zermalmt sie. – Aber jetzt ist es zu spät, um umzukehren. In ein paar Stunden werden wir in Tuggurt sein.

Eben dieses letzten Teils der Reise, der doch noch so nah ist, erinnere ich mich am wenigsten gut. Unmöglich jetzt, mir noch die Landschaften des zweiten Tages vorzustellen und was ich zunächst in Tuggurt tat. Aber was ich noch weiß, das ist, daß sie meine Ungeduld und meine Überstürzung waren.

Morgens ist es sehr kalt. Gegen Abend erhebt sich ein brennender Samum. – Marzeline, von der Reise erschöpft, hat sich gleich nach der Ankunft gelegt. Ich hoffe ein etwas behaglicheres Hotel zu finden; unser Zimmer ist furchtbar; der Sand, die Sonne und die Fliegen haben alles blind gemacht, alles beschmutzt, getrübt. Da wir seit Sonnenaufgang fast nichts mehr gegessen haben, lasse ich sofort die Mahlzeit servieren; aber alles scheint Marzeline schlecht, und ich kann sie nicht bestimmen, etwas zu sich zu nehmen. Wir haben alles mitgebracht, um Tee zu machen. Ich beschäftige mich mit diesen spöttischen Sorgen. Wir begnügen uns zum Diner mit ein paar trockenen Kuchen und mit diesem Tee, dem das salzige Wasser der Gegend seinen scheußlichen Geschmack gegeben hat.

Aus einem letzten Schein von Tugend bleibe ich bis zum Abend bei ihr. Und plötzlich fühle ich mich selber wie am Ende meiner Kräfte. O Aschengeschmack! O Mattigkeit! Trauer der übermenschlichen Anstrengung! Ich wage sie kaum anzusehen; ich weiß nur zu gut, daß meine Augen sich, statt ihren Blick zu suchen, fürchterlich auf die schwarzen Löcher ihrer Nase heften werden; der Ausdruck ihres leidenden Gesichts ist schauerlich. Auch sie sieht mich nicht mehr an. Ich fühle ihre Qual, als ob ich sie berührte. Sie hustet stark; dann schläft sie ein. Momentelang schüttelt sie ein plötzliches Frösteln.

Die Nacht könnte schlimmer werden, und ehe es zu spät ist, will ich wissen, an wen ich mich wenden könnte. Ich gehe hinaus. Vor der Hoteltür, der Platz von Tuggurt, die Straßen, die Atmosphäre selber – das ist bis zu einem Grade unheimlich, daß ich glaube, nicht mehr *ich* bin es, der sie ansieht. – Nach ein paar Augenblicken gehe ich wieder hinein. Marzeline schläft ruhig. Ich habe mich unnütz geängstigt; auf diesem phantastischen Erdteil setzt man überall Gefahren voraus; es ist absurd. Und genügend beruhigt, gehe ich wieder hinaus.

Seltsames nächtliches Leben auf dem Platz; schweigsame Zirkulation; heimliches Gleiten weißer Burnusse. Der Wind reißt auf Momente Fetzen seltsamer Musik los und trägt sie herbei, ich weiß nicht woher. Es tritt jemand zu mir ... Es ist Moktir. Er hat mich erwartet, sagt er, und dachte sich, ich werde noch wieder ausgehen. Er lacht. Er kennt Tuggurt gut, kommt oft her und weiß, wohin er mich entführt. Ich lasse mich von ihm fortziehen.

Wir gehen durch die Nacht; wir treten in ein maurisches Café; von daher kam die Musik. Dort tanzen arabische Frauen – wenn man dies monotone Gleiten einen Tanz nennen kann. – Eine von ihnen faßt mich an der Hand; ich folge ihr; es ist Moktirs Geliebte; er geht mit ... Wir treten alle drei in das schmale und tiefe Zimmer, dessen einziges Möbel ein Bett ist ... Ein sehr niedriges Bett, auf das man sich setzt. Ein weißes Kaninchen, das im Zimmer eingeschlossen ist, wird erst wild, dann vertraut, und kommt, aus Moktirs Hand zu fressen. Man bringt uns Kaffee. Dann, während Moktir mit dem Kaninchen spielt, zieht diese Frau mich an sich, und ich lasse mich zu ihr gleiten, wie man in den Schlummer gleitet ...

Ah! ich könnte hier heucheln oder schweigen – aber was soll mir diese Erzählung, wenn sie nicht mehr wahrhaftig ist? ...

Ich kehre allein ins Hotel zurück, denn Moktir bleibt die Nacht da unten. Es ist spät. Es weht ein trockener Scirocco; es ist ein Wind, ganz beladen mit Sand und tropisch, trotz der Nacht. Nach ein paar Schritten bin ich in Schweiß gebadet; aber plötzlich habe ich große Eile, nach Hause zu kommen, und fast laufend kehre ich zurück. – Vielleicht ist sie aufgewacht … vielleicht hat sie mich nötig gehabt? … Nein; das Fenster des Zimmers ist dunkel. Ich warte auf einen kurzen Anstand des Windes, um zu öffnen; ich trete sehr leise ins Schwarze. – Was ist dies für ein Geräusch? Und ich kenne doch ihren Husten nicht wieder … Ist sie das wirklich? … Ich mache Licht.

Sie sitzt zur Hälfte auf ihrem Bett; einer ihrer mageren Arme klammert sich an die Bettstangen, hält sie aufrecht; ihre Decken, ihre Hände, ihr Hemd – alles ist von einer Blutflut überschwemmt; ihr Gesicht ist ganz beschmutzt damit; ihre Augen sind scheußlich erweitert; und irgend welcher Angstschrei würde mich weniger entsetzen als ihr Schweigen. – Ich suche auf ihrem schwitzenden Gesicht eine kleine Stelle, wo ich einen furchtbaren Kuß anbringen kann. Der Geschmack ihres Schweißes bleibt mir an den Lippen kleben. Ich wasche und erfrische ihre Stirn, die Wangen … Am Bett etwas Hartes unter meinem Fuß: ich bücke mich und hebe den kleinen Rosenkranz auf, den sie damals in Paris verlangte, und den sie hat fallen lassen; ich lege ihn ihr in die offene Hand, aber ihre Hand senkt sich alsbald und läßt ihn von neuem fallen. – Ich weiß nicht was tun; ich möchte Hilfe rufen … Ihre Hand hängt sich verzweifelt an mich, hält mich zurück; ah! glaubt sie denn, ich will sie verlassen? Sie sagt:

„O! du kannst doch noch warten.“ Sie sieht, daß ich sprechen will:

„Sage mir nichts,“ fügt sie hinzu; „es ist alles gut.“ – Ich hebe den Rosenkranz von neuem auf; ich lege ihn ihr wieder in die Hand, aber wieder läßt sie ihn fallen – was sage ich? sie wirft ihn hin. Ich knie bei ihr nieder und presse ihre Hand gegen mich.

Sie läßt sich halb gegen das Bettpfühl und halb gegen meine Schulter sinken und scheint ein wenig zu schlafen, aber ihre Augen bleiben weit offen.

Eine Stunde darauf richtet sie sich wieder auf; ihre Hand macht sich aus meinen Händen los, klammert sich an ihr Hemd und reißt die Spitze von ihm ab. Sie erstickt. – – Gegen Tagesgrauen ein zweites Blutspeien …

Ich habe euch meine Geschichte auserzählt. Was sollte ich weiter hinzufügen? – Der französische Kirchhof von Tuggurt ist scheußlich, zur Hälfte vom Sand verschlungen ... Das bißchen Wille, das mir blieb, habe ich ganz darauf verwandt, sie diesen Orten der Trauer zu entreißen. Sie ruht zu El Kantara im Schatten eines Privatgartens, den sie liebte. Seit all dem sind kaum drei Monate verflossen. Diese drei Monate haben es um zehn Jahre fortgerückt.

Michel verstummte lange. Wir schwiegen auch, jeder erfaßt von einem seltsamen Unbehagen. Es schien uns, ah! als habe Michel sein Handeln dadurch, daß er es erzählte, rechtmäßiger gemacht. Daß wir nicht wußten, an welcher Stelle seiner langen Auseinandersetzung wir es tadeln sollten, machte uns fast zu Mitschuldigen. Wir waren gleichsam mit hinein verwickelt. – Er hatte diese Erzählung ohne ein Zittern in der Stimme vollendet, ohne daß eine Modulation oder eine Geste bezeugte, daß ihn irgendwelche Erregung bewegte – sei es, daß er einen zynischen Stolz darein setzte, nicht bewegt zu erscheinen, sei es, daß er aus einer Art Scham heraus durch seine Tränen unsere Bewegung zu wecken fürchtete, sei es endlich, daß er nicht bewegt war. Ich unterscheide in ihm selbst jetzt noch nicht den Teil Stolz, Kraft, Trockenheit oder Scham. – Dann begann er plötzlich von neuem:

„Was mich erschreckt, ist, ich gestehe es, daß ich noch sehr jung bin. Mir scheint bisweilen, mein wahres Leben habe noch gar nicht begonnen. Reißt mich zunächst hier heraus und gebt mir Daseinsgründe. Ich selber weiß keine mehr zu finden. Ich habe mich befreit, das ist möglich; aber was liegt daran? Ich leide unter dieser Freiheit ohne Beschäftigung. Glaubt nicht, es sei, weil ich von meinem Verbrechen ermattet wäre, wenn es euch beliebt, es so zu nennen – aber ich muß mir selber beweisen, daß ich mein Recht nicht überschritten habe.

„Als ihr mich zuerst gekannt habt, hatte ich eine große Festigkeit des Denkens, und ich weiß, daß eben das die wahren Männer macht; – ich habe sie nicht mehr. Aber ich glaube, daran ist dieses Klima schuld. Nichts entmutigt das Denken so sehr wie diese Beharrlichkeit des Azurs. Hier ist jede Forschung unmöglich, so nahe folgt die Lust dem Verlangen. Vom Glanz und Tod umgeben, fühle ich das Glück als zu gegenwärtig und die Hingabe daran als zu gleichförmig. Ich lege mich mitten am Tage nieder, um mich über die düstere Länge der Tage und ihre unerträgliche Muße zu täuschen.

„Da habe ich, seht, weiße Kiesel, die ich im Schatten kühlen lasse und dann lange in der hohlen Hand halte, bis ihre beruhigende Frische erschöpft ist. Dann beginne ich von neuem, indem ich mit den Kieseln wechsle, und lege die, deren Kälte versiegt ist, wieder zum Kühlen hin. Darüber vergeht Zeit, und der Abend kommt ... Reißt mich hier heraus; ich kann es nicht selber tun. Etwas in meinem Willen ist gebrochen; ich weiß nicht einmal, woher ich die Kraft genommen habe, aus El Kantara fortzugehen. Bisweilen habe ich Angst, was ich unterdrückt habe, werde sich rächen. – Ich möchte neu anfangen. Ich möchte mich dessen entledigen, was mir von meinem Vermögen noch bleibt; seht, diese Wände sind ganz damit bedeckt ... Hier lebe ich von fast nichts. Ein halb französischer Gastwirt bereitet mir ein wenig Nahrung. Das Kind, das ihr bei eurem Nahen in die Flucht gejagt habt, bringt sie mir abends und morgens für ein paar Sous und Liebkosungen. Dieses Kind, das vor Fremden wild wird, ist gegen mich zärtlich und treu wie ein Hund. – Seine Schwester ist eine Uled-Naïl, die jeden Winter wieder nach Konstantine geht, wo sie ihren Leib den Reisenden verkauft. Sie ist sehr schön, und ich habe es die ersten Wochen bisweilen geduldet, daß sie die Nacht bei mir verbrachte. Aber eines Morgens hat uns ihr Bruder, der kleine Ali, zusammen überrascht. Er zeigte sich sehr gereizt und hat fünf Tage lang nicht wiederkommen wollen. Und doch weiß er recht gut, wie und wovon seine Schwester lebt; vorher sprach er in einem Ton davon, der auf keinerlei Verlegenheit deutete ... Ist er also eifersüchtig? – Übrigens hat dieser Schelm sein Ziel erreicht; denn halb aus Verdruß, halb aus Furcht, Ali zu verlieren, habe ich das Mädchen seit dem Zwischenfall nicht mehr bei mir behalten. Sie ist nicht böse gewesen; aber so oft ich ihr begegne, lacht sie und scherzt, weil ich ihr den Knaben vorziehe. Sie behauptet, er vor allem halte mich hier zurück. Vielleicht hat sie ein wenig recht ...“